DistelLiteraturVerlag

Chantal Pelletier verfügt über eine Vielzahl an Talenten. Sie ist Psychologin, Schauspielerin, Drehbuchautorin und vor allem Schriftstellerin. Bislang wurden verschiedene Romane, Humoresken, ein Jugendroman, eine Biographie sowie drei Kriminalromane veröffentlicht, von denen zwei in der «Série noire» bei Gallimard (Paris) erschienen sind. Für «Bocksgesang» erhielt Chantal Pelletier den GRAND PRIX DU ROMAN NOIR FRANÇAIS.

Chantal Pelletier

Der Bocksgesang

Aus dem Französischen
von Eliane Hagedorn
und Barbara Reitz
(Kollektiv Druck-Reif)

DistelLiteraturVerlag

Lektorat: Gudrun Gründken

Deutsche Erstausgabe

Sonnengasse 11, 74072 Heilbronn
www.distelliteraturverlag.de
Die Originalausgabe erschien 2000
unter dem Titel «Le chant du bouc»
bei Éditions Gallimard (Paris)

Umschlagentwurf: Jürgen Knauer, Heilbronn
Druck und Bindung: Fritz Steinmeier, Nördlingen
ISBN 3-923208-53-7

für H. M.

«Es tut dir leid?»
«Typen wie dir tut es immer leid, und immer zu spät!»

MARIANNE *zu Ferdinand*
in
Pierrot le fou
von Jean-Luc Godard

Es roch nach kaltem Schweiß, Tabak, Salpeter, Chlorkalk und Ammoniak. Elsa ging durch die Eingangshalle des *Moulin Rouge*, ohne die Putzfrauen zu grüßen. Um 10 Uhr morgens hatte das Revuetheater – einst das pulsierende Zentrum des legendären Montmartre, wo Toulouse Lautrec und Picasso das Tanzbein schwangen und sich einen Tripper holten – nichts von einem Postkartenidyll. Das junge Mädchen im roten Lackmantel stürmte ins Büro des beschränkten Personalchefs, der wegen Blödheit und chronischer Stirnhöhlenvereiterung ständig mit offenem Mund herumlief:

«Rose geht, ich will ihren Job bei den beiden Solotänzern.»

«Hm, hm ... »

«Ich will Garderobiere werden, Rose kann es mir beibringen, dann brauchen Sie niemanden ausbilden zu lassen. Die Regisseurin ist einverstanden, der künstlerische Leiter ebenfalls, ich habe schon mit ihnen gesprochen.»

«Eine Nervensäge weniger in der Schneiderwerkstatt, das ist auch nicht schlecht.»

«Ich werde mich ruhig verhalten, das verspreche ich!»

Sie rief ein Dankeschön und stürmte die Wendeltreppe hinauf, die zu den Männergarderoben führte, um

Manfred mitzuteilen, daß sie sich nun bald jeden Abend um ihn kümmern würde. Beim Ankleiden ihres Angebeteten könnte sie mit ihren Händen und Blicken ihre gemeinsame Liebesgeschichte beginnen.

Hinter der Tür trällerte Manu Chao: *je ne t'aime plus mon amour, je ne t'aime plus tous les jours.* Sie klopfte. Manfred antwortete nicht. Sie öffnete die Tür. Da der Kleiderständer den Eintritt versperrte, schob sie die fahrbare Garderobe beiseite, die sich unheilvoll quietschend in Bewegung setzte. Elsa sah ihren Angebeteten in seinem Blut liegen. Ihr blieb keine Zeit mehr zu schreien.

Warmes Blut rinnt ihr über den Hals, tropft auf ihre Lippen, leitet das Fieber des Körpers in den gestampften Boden. Der süßliche Geruch erfüllt ihren Kopf, ihre Augen schließen sich, um den Tod zu umfangen. Im Dunkel der geschlossenen Lider hallen die Schreie der wie Hunde abgeknallten Männer wider, die rauhen Salven der Kalaschnikows, das Pfeifen der Kugeln und das dumpfe, fast sanfte Geräusch, wenn das Metall in das warme Fleisch der Männer und Frauen, in die zarten Muskeln der Kinder dringt. Blut von seinem Blut beschmutzt ihre Haut. Die Augen schließen, nicht bewegen. Der Tod erlöst von allem.

Maurice Laice wich einen Schritt zurück, als ob er zwei Menschen bei der Liebe überrascht hätte. Doch es war nur der Tod. Liebe und Tod, immer wieder! Die beiden Körper lagen aufeinander, ihr Blut hatte sich vermischt, und es sah aus, als seien sie für eine widernatürliche Liebe bestraft worden. Das daraus entstandene Stilleben hätte den Titel «Blutsturm in der Bonbonniere» tragen können. Aus den klaffenden Schlagadern war das Blut auf Spiegel, Pailletten, Puder- und Schminktöpfe gespritzt. Dieses Gemetzel wollte so gar nicht zu dem Flitterkram und dem hellen Teppichboden passen, der bestimmt rosafarben war, aber das hätte Maurice nicht beschwören können. Zum Glück hatten die roten Traubensaftlachen für ihn die Farbe abgefallener Ahornblätter, es war eben nicht nur von Nachteil, farbenblind zu sein! Er wickelte einen Zimtkaugummi aus dem Stanniolpapier und steckte ihn gefaltet in seinen Mund. Dieses Blutbad direkt nach der Beerdigung seines Vaters, das war zuviel. Er befürchtete, ohnmächtig zu werden.

Es würde eine wahre Freude sein, die beiden durch das getrocknete Blut zusammengeklebten Körper zu trennen. Warum hatte Maurice immer solche gräßlichen Vorstellungen? Vielleicht, weil er seine Mutter im Mâcon zurückgelassen hatte, allein mit einem Toten, der noch jahrelang in den Gewohnheiten des Hauses weiterleben würde. Wie sollte man sich nach zweiundvierzig Ehejahren von seiner besseren Hälfte losreißen? Wollte man die miteinander verwachsene Haut der beiden trennen, so würde sie reißen, wie die der beiden Toten, wenn man daranging, sie zu entzweien. Bei diesem Gedanken stockte Maurice das Blut in den Adern, und er wurde kreidebleich. Er lehnte sich gegen den Türrahmen, der eine Hämoglobinspur auf seinem Regenmantel hinterließ. Sein Herz begann zu rasen, er versuchte, sich mit dem Gedanken zu beruhigen, daß er wenigstens an niemandem klebte. Er hatte all seine Haut für sich allein, und eines Tages würde sein Sarg einen alten, aber unversehrten Hautsack aufnehmen.

Die Jugend und die Schönheit der beiden Ermordeten schmerzte. Ihre schwarzen Augen glänzten wie Onyx im Schnee. Maurice hockte sich neben sie und unterdrückte den Wunsch, seine Hand auf die eiskalte Wange des Mädchens zu legen. Unter dem scharlachroten Lackmantel sahen Beine hervor, wie in einem Werbespot für halterlose Strümpfe. Ihr durchscheinendes, von schwarzem Haar umrahmtes Gesicht hätte einer der kindlichen Jungfrauen gehören können, die die Decke der Sixtinischen Kapelle schmücken. Ein Engel von Michelangelo. Momo spürte, wie seinem Herzen Flügel wuchsen. Schon in Granville hatte er sich von einer Schönen, die in ihrem Algenbad ermordet worden war, betören lassen. Er neigte womöglich zu Nekrophilie. Sein Blick glitt von dem nackten, muskulösen Oberkörper des Mannes, zu dessen kastanienbraunem Haar, das sich um ein Gesicht mit vollen, sanften Lippen lockte. Man konnte verstehen, warum die Spießer aus Tokio und Cincinnatti in Scharen herbeiströmten, um seine Anmut inmitten der Tänzerinnen zu bewundern. Momo erhob sich und wartete, bis der Schwindelanfall vorüber war.

«Mein Beileid, Kommissar!» sagte der Polizist, der mit einem großen Fotoapparat vor dem Bauch schwitzend ankam.

Maurice zog mit einem finsteren Lächeln an seinem Zigarillo, denn der Idiot sprach angesichts dieser theatralischen Szene von seinem Vater. Mein Beileid, was für ein Blödmann! Ihm wäre es lieber gewesen, die Nervensägen hätten ihre Beileidsbekundungen woanders abgelassen!

«Ich habe die beiden nicht gekannt», sagte Maurice, dem nicht nach Scherzen zumute war. «Was meinen Vater angeht, vielen Dank.»

Niemand konnte an seinem Schmerz Anteil nehmen – war es überhaupt Schmerz? Eher eine große Kälte. Der Tod seines Vaters öffnete ihm die Tür zu dem großen Loch, und ein Luftzug ließ ihn bis ins Mark erstarren. Doch jetzt war er gewarnt: Er würde der nächste des Geschlechts sein, der die Schwelle zu der anderen Welt überschritt. Die beiden Toten hier waren offenbar überrascht worden. Bestimmt hatten viele Leute sie umschmeichelt und ihnen versichert: «Mach dir keine Sorgen, solange ich noch da bin, hast du nichts zu befürchten, ich werde vor dir abtreten.»

Der Personalchef näherte sich mit offenem Mund. Maurice wußte nicht genau, warum ihm dieser Typ derart auf die Nerven ging.

«Und niemand hat was gehört?»

«Die Musik war voll aufgedreht, und die Herrengarderobe war leer. Nur Manfred mußte wegen eines Partnerwechsels üben.»

Momo sah den Kerl an. Das war es, was ihn so verrückt machte: seine Art mit offenem Mund zu atmen und dabei den eigentlichen Sinn des Nasenfortsatzes zu vergessen.

In der blutverschmierten Bonbonniere ließ der dicke, schwitzende Polizist sein Blitzlicht über den vereinten Liebenden aufleuchten. Maurice dachte kurz, daß das Mädchen der einzigen Frau ähnelte, deren Nähe er für einige Zeit zugelassen hatte. Das alles schien ihm furchtbar lange zurückzuliegen. Zu jener Zeit hatte er noch geglaubt, das Glück könnte glücklich machen. Seither hatte er sich verboten, an dieses Mädchen zu denken, die Erinnerung stürzte ihn in ein Meer von Melancholie, und er war nun mal kein Seemann.

Er beugte sich zu einem gewellten Foto vor, das am Spiegel über dem Schminktisch klebte. Der untere Teil des Polaroids war blutbespritzt, doch der Rest des Porträts gut zu erkennen. Maurice hätte nicht sagen können, ob es sich um einen Mann, eine Frau, eine Verlobte oder eine Mutter handelte, es schien ein Wesen ohne Geschlecht und Alter zu sein. Er nahm das Sofortbild mit seinem Taschentuch und steckte es ein.

Die Männer von der Spurensicherung trafen ein. Maurice verließ die winzige Garderobe, um ihnen Platz zu machen. Hier im Herzen von Montmartre fehlten die großen Weiten für einen solchen Western mit Rothäuten und Bleichgesichtern.

«Versucht ausnahmsweise einmal, präzise zu sein, denn wir werden die Szene, die diesem Arrangement vorausging, nachspielen müssen. Wir wollen herausfinden, wer getötet werden sollte. Sie, er oder beide?»

«Sie wollte Garderobiere werden», brachte der Personalchef mühsam hervor, «ich habe im übrigen nicht nein gesagt, sie arbeitete seit anderthalb Jahren in der Schneiderwerkstatt. Sie entwarf Kleider und träumte davon, Modeschöpferin zu werden…»

Momo beobachtete, wie die Männer ihre Lupen und Pinzetten herausholten. Eine eigenartige Abschminkszene in der Garderobe eines Revuetheaters, eine seltsame Version von der Ordnung der Dinge beziehungsweise immer derselbe Scheißdreck. Er begleitete «Offenen Mund» in sein Büro. Manfred Godalier war vor sechs Monaten als Solotänzer engagiert worden. Neunundzwanzig Jahre alt, geboren im Département Somme. Elsa Suppini, einundzwanzig Jahre, eine Korsin aus Bastia.

Korsika, Bastia, das ließ Momo zusammenzucken wie eine Auster beim ersten Tropfen Zitronensaft. Er hatte nicht die geringste Lust, sich auf ein Spiel einzulassen, dessen Regeln er nicht kannte und bei dem die maskierten Gegner einen an den Hoden herumführen wollen. Aber es war nicht der geeignete Moment, um die Hoden von irgend jemandem ins Spiel zu bringen. Momo wollte lieber nicht daran denken. Alles, was mit Sex zu tun hatte, machte ihn depressiv. Diese Nervensäge Agnès hatte eines Tages gehässig zu ihm gemeint: «Je älter man wird, desto weniger kriegt man einen hoch», dieses Miststück! Zum Frauenhasser wird man nicht über Nacht, manche Mädchen tun viel dafür, um die Tradition am Leben zu erhalten! Mit dieser neurotischen Agnès hatte Maurice ein echtes Waterloo erlebt, von dem er sich noch nicht erholt hatte. Der Hauptbewohner seines Känguruh-Slips war reines Flanell und weich wie Baumwolle geblieben. Eine echte Sendepause. Ruhiger ist nur der Tod. Er nahm es diesem verrückten Shiatsu- und Zazen-Weib noch immer übel, daß sie ihn nicht mehr ermutigt hatte. Was auch immer man behaupten mag, ein Mann braucht Hilfe und darf nicht nur ständig eins auf den Deckel kriegen! Er hatte ein vorsichtiges «Du bist hart!» gewagt, auf das sogleich ein gemeines «Du leider nicht!» folgte. Ein Lachen zuviel, ein Schlag unter die Gürtellinie und ein etwas sensibler Typ von vierzig Jahren konnte den Boden unter den Füßen und jegliche Hoffnung auf einen Orgasmus verlieren. Kurz vor dem Tod seines Vaters, als seine Mutter ihn anrief und ihm sagte: «Komm schnell, deinem Vater geht es nicht gut», hatte Maurice gerade die Hochzeitsanzeige von Agnès zerrissen. Dabei war das eigentlich keine schlechte Nachricht, vielmehr eine Erleichterung, denn diese Verrückte kam regelmäßig wieder und umschlich ihn wie eine läufige Katze einen Kater. Doch wenn sich Katzen dann endlich paaren, wird der Körper des Weibchens von Raserei gepackt, während sich das Männchen nur erleichtert. Das ist nicht wirklich ihr Ding. Sie schlagen sich lieber und pissen Mauern an, um zu zeigen: «Mein Territorium, nicht berühren!». Maurice Laice wollte es seit Jahren nicht gelingen, an Mauern zu pinkeln, um die Mörder daran zu hindern, ihr Territorium auszuweiten. Er kam immer «danach» und konnte nur noch den Schatten des Mörders in den Augen der Toten erkennen.

Als er in die Garderobe zurückkam, betrachtete er lange das Gesicht des einundzwanzigjährigen korsischen Engels. Elsa Suppini. In ihrem Blick glaubte Momo das Entsetzen, das Unverständnis und das Bedauern von jemandem zu lesen, der zuviel Lebenslust hatte, um schon zu sterben. Aber es lag kein Haß darin. Maurice lief ein kalter Schauer über den Rücken. Er spürte, daß ihm an dem Tag, an dem er dem Mörder gegenüberstehen würde, unendliche Trauer und Verzweiflung überkommen würden.

«Um Garderobiere zu werden, braucht man Mut, denn eine Garderobiere kann man fast genauso schnell rausschmeißen wie eine Tänzerin!»

Maurice zog die Jacke über seiner Brust zusammen, er fror in der feuchten Werkstatt, die nur spärlich mit zwei alten Ölradiatoren geheizt wurde.

«Kann man denn Tänzerinnen schnell rauswerfen?»

«Sie kommen aus Polen oder Rußland und sind an trocken Brot und harte Schicksalsschläge gewöhnt. Für sie ist die Revue wie Weihnachten! Aber auf die Dauer wird ihnen klar, daß das kleine Jesuskind nicht jeden Tag Geburtstag hat. Wenn sie so unvorsichtig sind, zu meckern, daß sie unterbezahlt sind oder ausgenutzt werden, beschließt man, daß sie drei Kilo zuviel haben, und hopp! fliegen sie raus.»

«Und die Garderobieren?»

«Die müssen sich auch ruhig verhalten. Es ist einfach, sie ungeschickt zu finden oder nicht schnell genug, zu geschwätzig. Noch dazu kann jede Garderobiere werden, also ...»

Virginie, Mutter von zwei Kindern, die im Frühherbst dreiunddreißig werden würde, war stolz darauf, am längsten in dem dunklen, fensterlosen, nach Farbe und Spray stinkenden Loch zu arbeiten, das sich Schneiderwerkstatt nannte. Dabei war es sicher nicht gut, hier alt zu werden. Aber für Virginie war die Kaste der Schneider in der Hierarchie des *Moulin Rouge* die selbstbewußteste und wertvollste. Sie war es, die letztes Jahr den Streik des Personals ausgelöst hatte.

«Elsa und ich waren die Anführerinnen, darum haben sie sich nicht getraut, uns rauszuschmeißen. Das wäre zu offensichtlich gewesen. Aber trotzdem gab es fünfundzwanzig Entlassungen! Die werden vors Arbeitsgericht gehen, und dann kriegen sie einen drauf!»

Es fiel Momo schwer, sich den schönen Engel von Michelangelo als Suffragette vorzustellen. Angewidert betrachtete er die verblichenen Kostüme, die zu flicken waren. Der Geruch von Schweiß und Dreck erfüllte den fensterlosen Raum. Daß Elsa die Nähe zur Bühne und zur Show vorgezogen hatte, erschien ihm logisch.

«War es also reiner Masochismus, daß Elsa Garderobiere werden wollte?»

«Sie wollte Manfred anziehen, weil sie verrückt nach ihm war.»

Momo zuckte zusammen, er sah wieder Liebe und Tod in inniger Umarmung.

«Und er?»

«Kaum jemand kannte ihn richtig, man hätte meinen können, daß er mit niemandem etwas zu tun hatte. Er tanzte sehr gut, zu gut für die Revue, alle ließen ihn in Ruhe, er war der beste Solotänzer.»

«Und die Schneiderinnen, läßt man die auch in Ruhe?»

«Zum einen stehen die Mädchen nicht Schlange, um in dieser Kloake zu arbeiten. Zum anderen ist es schwierig, einen beruflichen Fehler nachzuweisen, wenn es darum geht, Perlen auf einen Stringtanga zu nähen oder Federn wieder anzubringen.»

Angeekelt erklärte Virginie, daß das Problem vielmehr in der Summe unangenehmer intimer Ausdünstungen bestand, die nach Generationen von Tänzern und Tänzerinnen vom Schritt der Kostüme aufstiegen. Zehn Jahre Revue, da waren die Hosen dreckig und – die Pailletten verlangen ihren Tribut – nicht immer waschbar!

«Weil sie dauernd dieses Dreckzeug anfassen, bekommen die Mädchen schließlich einen Pilz an den Händen. Ich arbeite nur noch mit Handschuhen!»

Nach einem einstündigen, unappetitlichen Gespräch wußte Maurice alles über die Arbeit in der Schneiderwerkstatt rund um die Reinigung: das Waschen der Strumpfhosen und Bügeln der Unterröcke. Er eilte in die Bar, um seinen Magen mit einem doppelten Jack Daniel's versöhnlich zu stimmen. Er wußte nicht, wie er in dieser operettenhaften Kulisse vorgehen sollte. «Offener Mund», der Personalchef, war eingeschüchtert und blöd. Die englische Regisseurin war gerade nach Australien geflogen. Als er in die Eingangshalle kam, befragte er eine der Garderobenfrauen, eine ehemalige Tänzerin, die jetzt an der Mantelausgabe arbeitete. Sie schimpfte wütend auf die Direktion. Momo bremste ihr Ungestüm, schließlich war er nicht vom Gewerbeaufsichtsamt! Die ehemalige Tänzerin beruhigte sich, setzte die Miene einer regimekritischen Märtyrerin auf und vertraute ihm an, die Regisseurin sei stinkreich:

«Da ist was faul! Die ist nicht ganz koscher, diese fette Pute!»

Momo nickte der ehemaligen Cancan-Königin zu und

sein Blick tauchte in das üppige Dekolleté, das nicht gerade züchtig war, dann ging er auf den Boulevard hinaus, um von seinem Handy aus seine Mutter anzurufen. Ihre ruhige, ausgeglichene Stimme schnürte ihm den Magen zu. Sie klagte nicht. Es wäre ihm lieber gewesen, sie hätte geweint, aber es ging nicht. Konnte er ihr das vorwerfen? Auch er war so trocken wie eine Koloquinte aus der Wüste Ténéré und weinte nicht!

Hinter Trauben angeheiterter Touristen betrat er erneut das *Moulin Rouge* und lief zwischen der Bar, den Küchen und Garderoben hin und her, während sich der Saal mit Besuchern aus der Provinz, Deutschland und Japan füllte. In den Garderoben herrschte Geplapper und Getrappel, und niemand schien niedergeschlagen, weil man zwei junge Bienen in einer Wabe des Bienenstocks abgestochen hatte.

Momo hielt sich lange in den Kulissen auf und verfolgte das Schauspiel hinter dem Schauspiel. Die riesige Pythonschlange, die über den Schultern ihrer Herrin lag und eilig von einer Tänzerin auf die Bühne getragen wurde. Das große Pferd, das ohne Zögern die schmale Wendeltreppe hinaufstieg, als wäre es beflügelt und hingerissen von dem entfesselten Beifall, den sein Auftritt soeben ausgelöst hatte. Ohne Hemmungen liefen die Akteure nackt hin und her. Die Körper gepudert und feucht, von Stringtangas unterteilte Hinterbacken, feste runde Brüste, die kaum im Rhythmus der Sprünge wippten. Enthaarte Arme streckten sich nach den Kostümen aus, um sie von ihren Bügeln zu nehmen. Der zwölf Kilo schwere, spektakuläre Federkopfschmuck zerquetschte die Nacken knabenhafter Mädchen, deren Beine in Netzstrümpfen glänzten. Zwischen zwei Szenen erklärte der künstlerische Leiter Momo den mörderischen Rhythmus, den sie auf sich nehmen mußten, um zwei Vorstellungen am Abend geben zu können.

«Sieben Tage pro Woche, können Sie sich vorstellen, welche Arbeit wir mit den Ersatztänzern haben? Jeden Tag proben wir die Szenenübergänge, um die Neuen einzuarbeiten, die die Kranken ersetzen, die Schwangeren, die Mädchen, die plötzlich durchknallen und ohne Vorwarnung verschwinden.»

Der Ersatz für Manfred war ein riesiger, fast zwei Meter großer Schwede. Zwischen dem Wiener Walzer und der Akrobatennummer machte er einen Striptease vor Momo, der plötzlich den Erfolg der wohlgeformten *Chippendales* begriff: schöne Männer, so was gab es tatsächlich! Das hatte er vergessen, da er vorwiegend Umgang mit seinem Spiegelbild pflegte.

Am Ende der zweiten Vorstellung war Maurice erschöpft vom Zuschauen, wie dieses Völkchen umherwuselte und sich verwandelte. Als er gegen 1 Uhr morgens mit einigen Tänzern ein Gläschen im *Rendez-vous des Artistes* trank, erzählten Manfreds Kollegen, er sei nach der Revue nie mit ihnen ausgegangen. Er hatte eine internationale Karriere in Avantgarde-Tanztruppen hinter sich, doch er sprach nie darüber. Ein kleiner Dunkelhaariger mit spitzer Nase behauptete, er sei schwul gewesen, aber man habe keinen seiner Partner gekannt. Ein Bulgare mit gelben Augen gab vor, ihn einmal in Begleitung eines schönen Amerikaners gesehen zu haben:

«Aber Manfred hatte nichts für Vertraulichkeiten übrig. Er war ein verschwiegener Eigenbrötler!»

Momo auch. Doch trotz seiner eindeutigen Berufung zum Einzelstück, neigte er nicht zu Selbstgesprächen. Gegen 2 Uhr morgens ging er betrunken und demoralisiert hoch zur Rue Gabrielle. Er hatte nicht die Spur eines Indizes ausmachen können. Sicher, der Streik hatte Groll und Konflikte aufbrechen lassen. Einer der Kellner im Restaurant hatte ihm erzählt, daß die Vorstellungen während des Streiks weiterliefen, das restliche Personal habe die wichtigsten Mitarbeiter ersetzt. Das war zwar nicht gerade fortschrittlich, aber deswegen schneidet man nicht zwei Menschen die Kehle durch! Außerdem war Manfred erst einige Zeit nach dem Streik engagiert worden. Also konnte ihm seine Haltung zu jener Zeit nicht vorgeworfen werden! Was Momo aber vor allem keine Ruhe ließ, war die Frage, wen der Mörder eigentlich hatte töten wollen. Den einen? Die andere? Beide? Blieb zu hoffen, daß die Laboruntersuchungen Aufschluß darüber geben würden. Denn wie sollte er einen Mörder finden, wenn er nicht wußte, wer das Opfer war?

Am nächsten Morgen wachte er beim Jingle von Europe 2 mühsam auf, er konnte sich noch nicht ganz von seinem Traum, besser gesagt seinem Alptraum lösen. Er hatte seine Eltern gesehen, die sich umarmten und wie die beiden Toten in der Garderobe des *Moulin Rouge* aufeinanderlagen. Er lag auf seiner Matratze direkt am Boden und öffnete die Augen. Draußen regnete es. Das Wasser aus der Dachrinne rieselte am Schaufenster herunter. Maurice fiel ein, daß er keinen Kaffee mehr hatte. Er würde wieder einen abscheulichen Nescafé trinken müssen. Schlechtgelaunt stieß er Laken und Decke mit den Füßen zurück und setzte sich auf, in seinem großen T-Shirt, über das ein Kamel mit einem Höcker – ein Dromedar sozusagen – lief. Momo kam um vor Kälte. Frühling und Sauwetter waren ein Pleonasmus. Während seines siebenjährigen Exils in der Normandie hatte Maurice Laice die nicht endenwollenden Frühjahrsgüsse auf das Rheumawetter des Ärmelkanals zurückgeführt. Wie idiotisch! Auf Montmartre war es dasselbe, und er verabscheute den Frühling ein für alle Mal. Den ganzen Tag lang pißt es vom Himmel auf genervte Leute am Rande des Selbstmords. Diese verfluchte Jahreszeit verlängert den Winter, der somit bis zum Sommer dauert – trotz der zwei oder drei Sonnenstrahlen, die die Deprimierten im kurzärmeligen Hemd auf die Terrassen der Bistros treiben, wo sie die zwanzig Minuten Sonne tanken, die ihnen vor dem nächsten Angriff eines miesen Islandtiefs gewährt werden.

Maurice reckte sich mit einem angeekelten Gähnen. Ganz zusammengezogen vor Kälte baumelte das Schwänzchen mit Zubehör unter den Hufen des einhöckrigen Kamels. Als er seine Pantoffeln anzog, entdeckte Maurice voller Entsetzen, daß sich seine erste Krampfader widerlich aufgeplustert hatte und preußischblau geworden war. Manchmal ist es ein Trost, keine Frau zu haben, die das Erwachen des wilden Tieres miterlebt, vor allem, wenn Kälte und Krampfadern die schlechte Laune noch vergrößern. Er schlüpfte in seinen weinroten Morgenrock aus Pyrenäenwolle, ging zum Schaufenster und stellte die Lamellen der Jalousie waagerecht, doch es drang nur ein pißgelbes, gedämpftes Licht in das feuchte Erdgeschoß. Im Sommer war das Geschäft in der Rue Gabrielle, das ihm als Wohnung diente, eine tolle Sache, weil es dann angenehm kühl war. Bei schlechtem Wetter war es düster und trübe. Da er seine Bude nur zum Schlafen und Duschen nutzte, war ihm die Unordnung, die dort herrschte, meist egal, doch an manchen Morgen packte ihn der Blues. Wenn man nur die eigenen Arme hat, um sich zu trösten, ist es nicht leicht, die Hoffnung zu bewahren.

«Du ziehst dich nur runter, hör auf, dich gleich am Morgen zu geißeln», brummte er und versetzte dem Radiowecker einen Schlag, der mit einem genervten Rauschen reagierte.

In einem alten Aluminiumkessel setzte er Wasser auf. Draußen regnete es heftig. Erneut drängte sich ihm das Bild der beiden eng umschlungenen Toten auf, die inmitten von Samt und Pailletten auf dem hellen Teppichboden lagen. Er tickte wirklich nicht richtig. Auf Europe 2 drohte Francis Cabrel damit, bei der Dame aus der Haute-Savoie zu schlafen, Momo wäre auch gerne zu ihr gegangen. Ein wenig Ruhe bei einer erfahrenen Frau hätte ihn vielleicht vergessen lassen, daß er vierzig war, ohne Frau oder Geliebte, in einer Absteige wohnte und nirgendwo lebte. Ein alter Bock, dessen starker Körpergeruch kein weibliches Wesen mehr anmachte.

Als er nach drei Nescafé, einer Dusche und dem Lied *Osez Josephine,* das er während der Rasur gemeinsam mit Bashung gesungen hatte, seine Wohnung verließ, fühlte sich Momo etwas besser, obwohl ihm der Regen auf die Schirmmütze prasselte. Er ging direkt über die Rue Ravignan und die Rue de la Mire zur Rue Lepic hinauf.

Nach seinem Exil in der Normandie war er glücklich gewesen, wieder in Montmartre zu sein. Dieser verfluchte Hügel, das war sein Zuhause, da war nichts zu machen, und sobald er den Boulevard überquerte und ins 9. Arrondissement kam, begann eine andere Welt. Das konnte nur verstehen, wer auf der Butte Montmartre geboren war: alles andere, sei es Paris, die Normandie, die Loire oder Andalusien, es war eben nicht Montmartre!

Als er die Rue Lepic bis zur Hausnummer 104 herunterging, kam ihm die Hauptkommissarin unter einem großen, orangefarbenen Regenschirm entgegen – die hatte wirklich einen Wecker im Hirn! Die Energie dieser Frau regte ihn auf, aber er mußte zugeben, daß sie ihren Job liebte. Er hatte so viele verbrauchte Typen gesehen, Sesselfurzer, denen alles scheißegal war! Aber Aline Lefèvre interessierte sich für alles. Sie wollte über alle Einzelheiten einer Ermittlung auf dem laufenden gehalten werden, um sich einen «Gesamtüberblick» verschaffen zu können, wie sie sagte, und es war ihr wichtig, Manfreds Wohnung zu sehen.

«Maurice Laice», rief sie mit Nachdruck, «sind Sie schon wieder schlecht aufgelegt heute morgen? Das Rheuma?»

«Ich habe auch so schon genug Sorgen, Rheuma habe ich mir verboten!»

«Wenn Sie sich öfter einen ordentlichen Fick genehmigen würden, wären Sie nicht so mies gelaunt.»

«Sie sind noch jung, das ist normal, Sie haben noch Appetit.»

«Ich hoffe allerdings, daß ich in vier Jahren nicht so alt sein werde wie Sie, das wäre schrecklich!»

Momo mußte zugeben, daß er im Alter der Hauptkommissarin – das heißt einige Dutzend Monate zuvor – nicht so gut drauf war. Das Alter ist nicht alles. Sex ist vielleicht viel mehr. Neben ihrem Job dachte Aline nur ans Bumsen. Als Anhängerin einer äußerst einfachen Philosophie, die die Theorie «Gesundheit durch Orgasmus» vertrat, machte sie Liebe wie andere Jogging oder Tai-Chi, und ihr missionarischer Eifer nervte Maurice.

«Sie werden noch ernstlich krank werden, Maurice Laice. Sie sind dauernd in Gewitterstimmung. Denken Sie an die Erleichterung durch Blitz, Donner und Regen. Die Ruhe nach dem Sturm!»

«Ich habe wohl bretonische oder irische Vorfahren, ich bin eher für Nieselregen und mildes Seeklima.»

«Wahnsinnig aufregend, Ihr Programm!»

Sie betraten das Haus Nummer 104. Manfreds Drei-Zimmer-Wohnung im sechsten Stock ging nach Süden und Westen mit Blick auf Paris. Man sah, genauer, man vermutete unter der dreckigen Suppe den Turm Montparnasse, den Invalidendom, die Spitze des Eiffelturms, und aus einem der Westfenster konnte man über die Gärten hinweg, die hinter den Häuserblocks und jenseits von Dalidas Haus lagen, ungenau die Umrisse der Türme von La Defense ausmachen. Die Wohnung war vollständig renoviert mit Kamin im Wohnzimmer, Whirlpool im Bad und gigantischer Einbauküche. Momo ging all dieser Luxus gegen den Strich, und er durchwühlte schon einen mit Papieren vollgestopften Sekretär.

«Ich dachte, Revuetänzer seien schlecht bezahlt! Wir könnten uns einen solchen Palast nicht leisten, was, Kommissar?»

Sie machte wohl Witze! Sie wohnte mit ihrer Liebsten, die einen Superjob beim Finanzministerium hatte, in einer Vier-Zimmer-Dienstwohnung in der Villa Dancourt, gegenüber vom *Théâtre de L'Atelier*.

«Die Wohnung gehörte ihm», meinte Momo, die Nase in den Papieren vergraben. «Er hat sie vor zwei Jahren gekauft, also bevor er im *Moulin Rouge* gearbeitet hat.»

«Seine Familie?»

«Seine Mutter lebt in der Nähe von Beauvais. Man hat sie verständigt, aber ich habe noch nichts von ihr gehört.»

Es läutete an der Tür. Das waren die beiden Polizisten, die die Haussuchung durchführen sollten. Sie öffnete ihnen:

«Ich lasse Sie Ihre Arbeit machen. Kommissar, Sie begleiten mich in die Wohnung der Kleinen, ich will sie mir auch kurz ansehen. Dann kommen Sie hierher zurück und überwachen das Ganze, okay?»

Zurück auf der Straße machte sie ein fröhliches Gesicht, ihr Lippenstift glänzte im sonnigen Licht ihres Regenschirms; trotz ihrer Größe und ihrer breiten Schultern war sie fast hübsch. Sie war nicht maskulin, nein, sondern eine richtige, elegante Frau, die in Pumps gehen und ihre Knie zeigen konnte und die, wenn sie lachte, wie ein Kind aussah.

«Denken Sie, daß sie ihn in der Garderobe antreffen wollte und im falschen Moment gekommen ist?»

«Sie wissen doch, daß ich nicht denke!»

Bei dem korsischen Engel herrschte eine ganz andere Atmosphäre als bei Manfred, eher in der Art Bohème, ein kleines, dunkles Appartement mit rachitischem Ölradiator, Duschkabine und altem Spülbecken. Auf einer Schneiderpuppe war eine schöne Brokatjacke festgesteckt. An den Wänden hingen viele, verschiedene Entwürfe und einige Fotos von Manfred.

«Und Ihr Abend im *Moulin Rouge*, ‹More is less›?» fragte die blonde Hauptkommissarin von der Höhe ihrer Wildlederstiefeletten herab, «hat der nichts gebracht?»

«Elsa hatte eine große Klappe, das ist klar. Aber deshalb schneidet man ihr und ihrem Angebeteten doch nicht die Kehle durch ...»

Momo betrachtete die Matratze, die an der linken Wand der Bettnische auf dem Boden lag. Der Alkoven war so klein, daß man auf der rechten Seite kaum vorbeigehen konnte. Hätte der schöne korsische Engel Erfolg gehabt, wenn man ihm die Zeit dazu gelassen hätte? Später, als Modeschöpferin, hätte sie den Zeitschriften von ihren schwierigen Anfängen auf Montmartre erzählt. Momos Brust war wie mit Kapokwatte gefüllt, ein dickes Kissen, an das er gern den korsischen Engel mit den schwarzen Augen gedrückt hätte. Er mußte wirklich ganz schön gestört sein, um sich in eine Tote zu verlieben! Das war typisch für ihn, eine Tote konnte ihn schließlich nicht nerven! Er würde von ihr nichts weiter kennenlernen als ihr Schneewittchen-Lächeln und ihre Gazellenbeine.

«Ein Kind, das sich in einen schönen Schwulen verknallt, dieser tragische Fotoroman ist doch echt was für Sie, ‹Mehristweniger›. Ich will jeden Tag einen Bericht, Sie wissen ja, wie neugierig ich bin!»

«Neugierig» war ein viel zu schwaches Wort. Der tägliche Bericht, ja, daran war Momo gewöhnt! Im Augenblick war er zutiefst beeindruckt von den Zeichnungen, die an die Wand geheftet waren: Männerkörper mit Muskeln, Schenkeln und Eiern! Was war das nur für eine Zeit! Es gab wirklich keine reinen jungen Mädchen mehr! Momo dachte an seine Krampfader, seine vierzig Jahre und drei Monate, also quasi fünfzig.

«Die Kleine war Jungfrau!»

Der Polizist knallte Maurice die Akte auf den Schreibtisch, der in seinen Eintagesbart brummte, er habe es satt, daß man die Berichte vor ihm lese, jeder in diesem Laden mache, was er wolle, einfach unerträglich! Er zündete sich sein Zigarillo wieder an und schenkte sich noch einen Kaffee ein, während seine Nerven im Magen große schwarze Netze knüpften, die entfernt an die Gefängnisse von Piranesi erinnerten. Sehr erheiternd!

Der schöne korsische Engel war Jungfrau! Dieses Wesen, das ihn nachts in seinen Träumen heimgesucht hatte, war also, wie er, nicht für die Lust geboren! Das Wichtigste zu erleben, war ihr nicht vergönnt gewesen. Womöglich würde es auch ihm entgehen, denn so alt und verbraucht er war, er hatte nur selten die Ekstase genossen. Man kann nicht für alles eine Begabung haben, aber welche hatte er überhaupt?

Wieder sah er die beiden Leichen in der Garderobe vor sich. Diese innige Umarmung im Tode beschwor unweigerlich das Bild seiner Eltern herauf, ihre zweiundvierzig Jahre währende Ehe, den Tod seines Vaters, die Witwenschaft seiner Mutter. «Die Liebe ist stärker als der Tod ...» Sein Vater hatte diesen Satz gerahmt und über die Küchenanrichte ihres Häuschens im Mâcon gehängt. Momo war nie auf die Idee gekommen, ihn zu fragen, was es damit auf sich hatte. Doch er mußte zugeben, daß er eigentlich nie sonderlich viele Ideen hatte.

Er las den Bericht des Gerichtsmediziners. Die Tatwaffe war ein scharfer, sehr spitzer Gegenstand, aller Wahrscheinlichkeit nach eine Art Federmesser. Die tiefen Schnitte unterhalb der Kehle, die schnell und mit Wut ausgeführt worden waren, erforderten keine große Kraft. Keine Kampfspuren. Die beiden Opfer waren überrumpelt und blitzschnell getötet worden. Der Kleiderständer mußte dem Mörder als Schutz gedient und verhindert haben, daß er mit Blut bespritzt wurde. Momo drückte wütend sein Zigarillo aus – so, als wollte er jemandem weh tun. Er hatte Angst, daß man seine Brünette schlecht machen wollte, das rief schreckliche Erinnerungen in ihm wach, Dinge, an die er nicht rühren wollte. Er zog es vor, daß man den Morast in seinem Bauch, den Schlamm, der ihm aufs Herz drückte, ruhen ließ. Liebe und Tod. Er gönnte sich einen Calvados, der ihm die Kehle wärmte und in den Augen brannte. Er schüttete den letzten Schluck frischen Kaffee dazu und stürzte alles in einem Zug hinunter. Die linke Schulter tat ihm weh, womöglich Rheuma, es wurde nicht besser, es begann sogar schon verdammt nach Altersheim zu stinken.

Die Reihenfolge der Morde konnte nicht eindeutig bestimmt werden. Den Blutspuren nach zu urteilen nahm der Gerichtsmediziner an, daß zuerst das Mädchen getötet worden war, aber er konnte es nicht mit letzter Sicherheit sagen, da die Leichen nach der Tat aufeinandergelegt worden waren. Momo hatte diese Schlußfolgerung befürchtet: Sein kleiner Liebling hatte ermordet werden sollen! Ihm wäre es lieber gewesen, sein Engel wäre jungfräulich und rein, ohne irgendeinen Makel auf seinem kurzen Leben geblieben, einfach ein böser Zufall, der nichts mit Korsika und seinem Filz zu tun hatte. Manfred mit seinem schwindelerregenden Lebensstandard, das war einfacher, verlockender, eine Übung für Anfänger!

Als Momo mittags ins *L'Oracle* aufbrach, kaute er auf drei Zimtkaugummis gleichzeitig herum, damit sein Mund etwas zu tun hatte und sich seine Nerven beruhigten – das brauchte er jetzt. Wie immer regnete es. Als er in die Rue de Panama einbog, verlangsamte er automatisch seinen Schritt, er hatte sich schon etwas beruhigt. Jedesmal wenn er durch das Goutte-d'Or-Viertel ging, hatte er das Gefühl, sich auf einem afrikanischen Markt zu befinden, und dieser Ortswechsel tat ihm gut. Er mußte dringend auf andere Gedanken kommen, doch es gelang ihm nicht, die Platte zu wechseln. In seinem Kopf wurde Walzer getanzt, linksherum, rechtsherum. Das tote Pärchen, seine Eltern und er, versunken im Morast seiner Erinnerungen.

Im *L'Oracle* empfahl ihm Boualem die Linsen mit Speck. In diesem alten Bistro, in dem es unter den Türen hereinzog, nach Küche roch und der offene Rotwein lavendelfarbene Flecken auf den Papiertischdecken hinterließ, erwartete man keinen Spitzenkoch wie Boualem. Der vor sechs oder sieben Jahre aus Algerien geflüchtete Boualem war um die fünfzig und der beste Weinkenner aller Bistros im gesamten 18. Arrondissement, obwohl er als gewissenhafter Moslem keinen Tropfen Alkohol trank. Er hatte sein Wissen erlangt, weil er gut sehen, riechen und zuhören konnte. Auf der Schiefertafel waren, abgesehen vom einfachen, offenen Tischwein, die Weine der Woche aufgelistet, eine Reise durch die besten Anbaugebiete Frankreichs. Seit einem Jahr zählte das *L'Oracle* zu den Empfehlungen des alternativen *Guide du Routard* und *Paris pas cher*, und die Touristen strömten herbei, stolz, sich inmitten der typischen Pariser wiederzufinden, die sie unverhohlen musterten, als seien sie die letzten Exemplare der indianischen Ureinwohner in Schilfhütten am Titicacasee.

«Ich habe vielleicht einen Käufer für Rémys Bücherbestand, der einen guten Preis zahlen würde», sagte Boualem, während er zwischen den Tischen herumwirbelte. «Ich habe es Malika schon gesagt.»

«Das sind ja gute Neuigkeiten! Wenn dabei wenigstens ein paar Sous für ihn herausspringen würden, könnte er sich in aller Ruhe in der Provinz niederlassen.»

Maurice machte sich Sorgen um Rémy, der einzige Schulfreund, der ihm geblieben war: er würde sein Antiquariat schließen müssen.

«Das wäre wirklich schön für Malika, ich habe Angst um sie, es geht ihr nicht sehr gut.»

Boualem liebte es, über den Gesundheitszustand anderer Menschen zu wachen. Viele Intellektuelle hatten in den letzten Jahren Algerien verlassen, und Momo konnte sich vorstellen, daß Boualem Lehrer oder Professor an der Uni von Algier gewesen war. Doch er hatte nie gewagt, ihn danach zu fragen. Er bemerkte nur, daß Boualem immer über alles auf dem laufenden war. Auch über den Mord im *Moulin Rouge*. Die Kurzmeldung in *Le Monde* war ihm nicht entgangen. Er las die Zeitung jeden Morgen von der ersten bis zur letzten Seite. «Blutiger und mysteriöser Doppelmord im *Moulin Rouge*. In einer Garderobe wurden zwei eng umschlungene Leichen entdeckt. Das Schicksal hat sich gegen das große Revuetheater von Montmartre verschworen, dessen Betrieb letztes Jahr schon wochenlang durch einen Streik des Personals beeinträchtigt war.»

«Sieh dich vor, Maurice, zwei eng umschlungene Leichen, das ist das Werk eines Geisteskranken!»

Momo vermied es, dies gegenüber Elsas Mutter zu erwähnen, als er sie im Leichenschauhaus traf. Sie war gekommen, um den Leichnam ihrer Tochter zu identifizieren. Sie war so durcheinander, daß Momo es nicht übers Herz brachte, sie lange mit Fragen zu quälen. Die Mittfünfzigerin war zierlich und hatte harte, spitze Gesichtszüge wie die alten Sizilianerinnen in den italoamerikanischen Filmen.

«Sie war verliebt, ja, das weiß ich», schluchzte sie. «Aber in wen?»

«Wahrscheinlich in den Mann, mit dem sie getötet wurde, wir haben mehrere Fotos von ihm bei ihr gefunden.»

«Sie war ein ordentliches, fleißiges Mädchen. Wir müssen in jedem Fall Genugtuung bekommen.»

Momo kaute auf seinem erloschenen Zigarillo herum. Genugtuung, was sollte das denn heißen? Vendetta? Vergeltungsmaßnahmen?

«Haben einige Mitglieder Ihrer Familie etwas mit, na, sagen wir ... extremen korsischen Bewegungen zu tun?»

Er wußte nicht, wie er sich ausdrücken sollte, er hätte Boualem bitten sollen, ihm etwas über das korsische Wespennest zu erzählen. Mit hoch erhobenem Kopf und schmerzerfüllten geröteten Augen sah die Frau ihn verständnislos an.

«Was erlauben Sie sich, Monsieur!»

«Und ihr Vater?»

«Spurlos verschwunden, als sie drei Jahre alt war, also von der Seite ...»

Nach einer recht ergebnislosen Unterredung – die leidgeprüfte Mutter hatte sich damit begnügt, seine Fragen mit Schluchzern und Seufzern zu beantworten – verließ Momo sie mit gesenktem Kopf. Er nahm ein Taxi, um wieder nach Montmartre zu fahren, in die Rue Burcq, zum Geschäft eines Goldschmieds und Bildhauers. Er mußte das Mädchen zumindest kennen, das auf ihrem roten Lackmantel eines seiner Schmuckstücke getragen hatte. Als der Mann die Brosche sah, wurde er bleich, dann rot, kurz gesagt, er hatte ein paar Atemprobleme.

«Ich habe das mit der Kleinen gehört, es ist schrecklich!»

Er hatte Tränen in den Augen, er war gutaussehend, circa fünfunddreißig, groß, kräftig und hatte riesige Hände. Er wirkte ein wenig wie ein Schmied aus alter Zeit, der Typ Mensch, der weder Krampfadern noch Rheuma kennt. Er fertigte aus harten Materialien – Stein, Marmor, Holz – alles, was eigentlich weich war – Stoffe, Decken, Kissen –, detailgenau bis in die kleinste Falte, die kleinste Rüsche. Es gibt Leute, die Phantasie haben! Etwas schlichter fielen seine kleinen Bronzestatuen aus, die Frauengestalten in verschiedenen, alltäglichen Haltungen zeigten. Darüber hinaus schuf der Bildhauer eindrucksvolle Schmuckstücke aus massivem Silber mit Lapislazuli, Bergkristall, Ebenholz, die im Vergleich zu dem billigen Modeschmuck aus dem Supermarkt oder den dicken goldenen Klunkern von der Place Vendôme wie rituelle sakrale Gegenstände oder wertvolle und magische Amulette wirkten.

«Sie hat mir mehrmals Modell gestanden, ich meine ... für meine Bronzestatuen!»

Seine Gesichtsfarbe wechselte noch immer von Rot zu Weiß, und es war schon sonderbar anzusehen, daß dieser Bär von einem Mann so gefühlvoll war.

«In allen Ehren», glaubte er hinzufügen zu müssen.

Maurice wußte das bereits, danke. Der schöne Engel hatte noch nie etwas mit jemandem angefangen, weder mit ihm noch mit einem anderen. Der Mann machte ihm einen Kaffee mit einer alten Espressomaschine und erzählte, daß Elsa eines Tages in sein Geschäft gekommen war, um mit ihm über seine Skulpturen und Schmuckstücke zu reden, und voller Begeisterung ihre erste Männermode-Kollektion beschrieben hatte.

«Ich habe sie mit den Modeschöpfern hier im Viertel bekanntgemacht. Sie haben sie ernst genommen, ich muß sagen, ich habe selten jemand gesehen, der so entschlossen war, sie wollte es wirklich schaffen, es war lebenswichtig für sie, die Vorstellung, die sie von ihrer Zukunft hatte, war absolut ...»

Er verzichtete darauf, nach einem passenden Adjektiv zu suchen. Die Zukunft der Kleinen war derart schnell den Bach runter gegangen, das ergab jetzt keinen Sinn mehr!

«Eine der Boutiquen in der Rue Durantin hatte ihr angeboten, ihre Kollektion vor dem Sommer zu präsentieren. Ich glaube, es hätte funktioniert, sie hatte originelle Ideen, und in der Herrenbekleidung ist die Konkurrenz nicht groß ...»

«Und warum stand sie für Sie Modell?»

«Im Revuetheater verdiente sie kaum genug zum Leben. Und sie brauchte Geld für ihre Stoffe und ihr Zubehör. Sie hat mir erzählt, daß sich die Tänzerinnen im

Moulin Rouge ein Taschengeld dazu verdienen, indem sie die Abende mit reichen Kerlen verbringen. Für sie wäre das nie in Frage gekommen. Unsere Beziehung hatte nichts Zweideutiges. Sie hat für mich im *Moulin Rouge* Werbung gemacht, mit ihrer Hilfe konnte ich dort mehrere Kundinnen gewinnen.»

Soviel Schlaffheit machte Momo ganz verrückt. Hinter diesem vor Vitalität strotzenden Mann hing das Foto von seiner Frau mit seinen drei Kindern. Er schien glücklich zu sein, es beruhigte anscheinend die Nerven, Marmor zu meißeln und ihn zu polieren, bis er so fein war wie ein satinierter Stoff. Über dem Foto prangte eine runde, dunkle Kupferplatte, deren Rand mit Buchstaben verziert war. Maurice Laice machte sich daran, sie zu entziffern: *more is less is more is less is more…* Er konnte es nicht fassen!

«Haben Sie das gemacht?» fragte Momo.

«Ich habe sie vor über fünfzehn Jahren aus Japan mitgebracht.»

«Das ist mein Name», sagte Momo.

Der andere verstand nicht.

«Ich heiße Maurice Laice, und man spricht meinen Namen wie *more is less* aus! Eine Psychologin hat mir mal erzählt, daß dieser Satz auf einigen Gegenständen in Fernost zu finden ist, aber ich hatte es bisher noch nie gesehen.»

Später war es Aline Lefèvre, die sich als Übersetzerin dieses Satzes versuchte. «Plusestmoins – Mehristweniger!» Hatte diese verrückte Agnès ihr einen Tip gegeben? Momo hütete sich, die Frage zu stellen, als er vor seiner Chefin mit der Pfirsichhaut und den glänzenden Lippen stand. Sie befragte ihn. Er faßte zusammen. Erklärte, daß Manfreds Mutter gekommen war, um den

Leichnam des Tänzers zu identifizieren – sie kam herein gefegt und war gleich darauf wieder verschwunden. Er hatte sie nicht zu Gesicht bekommen. Er hatte die Kollegen von Beauvais informiert, daß er sie so schnell wie möglich verhören müsse.

«Sie halten uns auf dem laufenden! Ich glaube, für einen Homosexuellen ist die Mutter doch besonders wichtig, oder?»

«Glauben Sie? Ich würde das eher für Phrasendrescherei halten!»

«Okay, okay!»

«Nichts zu machen, Sie gehören zu den Leuten, die lieber den Arm heben statt die Ärmel hochzukrempeln, auf Sie kann man sich einfach nicht verlassen.»

Momo seufzte. Er hatte die Nase voll von ihrer Monomanie, ihren Chefattitüden.

«Funktioniert denn bei Ihnen die Vorsichtsmaßnahme der Natur beim Aufwachen noch, Maurice?»

«Wie bitte?»

«Die Natur läßt das männliche Glied aus Sorge um die Fortpflanzung morgens hart werden, wußten Sie das nicht?»

«Doch, doch, sogar ich muß morgens gelegentlich noch aufpassen.»

Sie nahm ihn auf den Arm, brachte ihn durcheinander.

«Also, ich war bei dem Maklerbüro, bei dem Manfred seine Wohnung gekauft hat. Die 70 m^2 waren in schlechtem Zustand, er hat alles renoviert, es war eine Altbauwohnung ohne Bad, die nach dem Mieterschutzgesetz von 1948 billig vermietet werden mußte, alles ist neu gemacht worden, die Fenster, die Wände. Und zwar vom Feinsten, doch in seinen Papieren haben wir nur ein paar Materialrechnungen gefunden, es wurde alles in

Schwarzarbeit gemacht. Im übrigen gibt es auf seinem Konto nur wenige Bewegungen, seine Rückzahlung für den Kredit des Wohnungskaufs, mehrere große Summen, die er auf das Konto seiner Mutter überwiesen hat, ansonsten muß er von Bargeld gelebt haben.»

«Nichts Ungewöhnliches, was ich bisher sehe.»

«Ich habe die Adreßbücher der beiden, ich werde sie durcharbeiten.»

«Darf ich Sie fragen, Kommissar Maurice Laice, ob Sie gelegentlich Ihre Jochbeinmuskulatur bewegen?»

«Sie müssen mich halt zum Lachen bringen, Frau Hauptkommissarin!»

«Ich muß irgendwann mal mit Ihnen ausgehen. Wußten Sie, daß es ein Leben nach Büroschluß gibt? Und daß es nicht verboten ist, mal etwas anderes zu tragen als Beige oder Schwarz.»

«Ich bin farbenblind! Beige und schwarz bergen kein Risiko ...»

«Berät Sie denn niemand, wenn Sie einkaufen gehen?»

«Ein bißchen spät, um in meinem Alter damit anzufangen!»

Er verließ seine monomanische Chefin und dachte an seine einzige Verlobte, aus der Zeit vor Krampfadern und Rheuma. Ein wortkarges Mädchen, das sehr gut Farben sehen konnte und fand, daß er angenehm warme Hände hatte. Eine Brünette mit hellem Teint und glatter Haut, die sich zärtlich an ihn schmiegte, so als ob er in der Lage gewesen wäre, sie zu beschützen. Es kam vor, daß er sich an die Tage des süßen Nichtstuns erinnerte, an den Duft der Seife, mit deren Schaum sie sich bei ihrer ersten und letzten gemeinsamen Dusche gegenseitig eingerieben hatten, bevor sie dann zusammenbrachen und keine Luft mehr bekamen, weil der alte Gasboiler defekt war. Unbeweglich und weiß lagen sie in ihrem Grab aus Keramik. Liebe und Tod in inniger Umarmung. Wie seine Eltern, wie Manfred und Elsa. Er würde erst in einem anderen Leben, möglicherweise erst mehrere Leben später, in der Lage sein, sich zu verzeihen, daß er diese Katastrophe überlebt hatte. Es dürften eine ganze Reihe von Reinkarnationen nötig sein, damit er vergessen konnte, daß er nicht fähig gewesen war, die einzige Frau, die ihm vertraut hatte, zu beschützen. Vielleicht konnte er seitdem nur noch Tote lieben. Was ihn am meisten beschämte: als er im Krankenhaus vom Ableben seiner Beinahe-Braut erfuhr, hatte er tief unten in seinem Schmerz ein Gefühl der Erleichterung gespürt. Der Tod seiner zukünftigen Frau ersparte ihm den Hechtsprung in die Liebe, diesen Ozean, in dem niemand schwimmen lernt. Er konnte in Sicherheit bleiben, auf dem Grund des großen Brunnens, aus dem er auch zwölf Jahre später noch nicht herausgekrabbelt war. Gut versteckt. Geschützt vor den Angriffen der Pfeile, die es auf sein Herz abgesehen hatten. In Beige und Schwarz. Ohne jemanden an seiner Seite, der ihn beriet, welche Farben ihm am besten standen.

Die Sirene des Polizeiautos heulte auf, denn es steckte mitten in der Menschenmenge, die aus dem Abbesses-Theater strömte. Momo biß sich auf die Zunge, weil er sie mit seinem Zimtkaugummi verwechselt hatte, langsam verblödete er! Während des abendlichen Bereitschaftsdienstes, als er seelenruhig in Manfreds Adreßbuch blätterte, war er beim Verzehr seines Schinkenbrotes gestört worden. Das hatte seine Krampfader anschwellen lassen, wann würde man ihn endlich mal in Ruhe lassen? Ein panischer Anruf aus der Rue Germain-Pilon wegen eines Aufruhrs in einem Gebäude, das ihnen immer wieder Ärger machte, und schon saßen Auto, Polizisten, Blaulicht und Sirene mitten im nächtlichen Elf-Uhr-Stau fest. Das Publikum aus der Zweigstelle des Stadttheaters schien sie für Gendarmen eines französischen Films zu halten aus der Zeit, als Delon und Belmondo noch nicht vertrottelt waren. Ein Theater in Abbesses! Maurice haßte dieses allzu neue, auf alt gemachte Gebäude, das an manchen Stellen in der Farbe zerquetschter Erdbeeren beschmiert war, zumindest in einem leuchtenden Farbton, den er lange Zeit für Orange gehalten hatte. Skrupellose Baulöwen hatten seine Zeit im normannischen Exil genutzt, um ihm den berühmtesten Feinkosthändler von Paris, *Le Cochon Rose*, wegzunehmen, der mit seiner provinziellen Puppenhausfassade nicht gewagt hätte, sich als Gebäude zu bezeichnen. Seitdem sich die *Butte* kulturellen Chic gegeben hatte, verkauften sich hier indischer Tanz und zeitgenössisches Theater besser als Ochsenmaulsalat und Schweinsfüße, und um elf Uhr abends heulte die Sirene der Klatschspalten für die schwarzgekleideten Dreißigjährigen und den Frauen mit geschminkten Lippen. Momo fragte sich, wie weit die Umwandlung des Viertels noch gehen würde, das, um den Anschluß zu behalten, seine eigene Hinrichtung betrieb. Man traf hier nur noch Medien- und Verlagsmenschen. Architekten, Schreiberlinge, all diese unwahrscheinlichen Berufe, die von «Look» und Mode leben, wie andere von Steak mit Pommes frites. Käseläden, Kaldaunenhändler und Metzgereien machten nach und nach zu und überließen das Feld einer ganzen Heerschar von Klamottenläden und Friseurgeschäften. Was für ein Kopfschmuckfetischismus steckte hinter dieser Vermehrung von Friseuren und anderen Haarkünstlern? Für Maurice blieb dies ein tiefes Geheimnis. Seit seiner mittleren Reife schnitt er sich die Haare selbst. Zugegeben, er hatte dünnes, feines Haar, was sich auch in Zukunft nicht bessern würde und ihm gehörig gegen den Strich ging. Allerdings war es keineswegs Bitterkeit, die ihn veranlaßte, diese drastische Vermehrung von Haarschneidern als ein Zeichen von Dekadenz anzusehen. Aber den alten Freunden des Viertels konnten wirklich graue Haare wachsen. Man tötete Montmartre, indem man es in ein Shopping-Center verwandelte. Am Wochenende kamen die Gazellen aus Paris oder den Vorstädten herauf, um sich in nagelneuen Boutiquen Klamotten zu kaufen. Noch vor einigen Jahren unvorstellbar, vollzog sich diese Umwälzung viel zu rasch und das Aufeinandertreffen von Leinenanzügen und alter spekkiger Wollunterwäsche ließ die Funken sprühen.

Dem Auto gelang es endlich, sich durch die Menge hindurchzuschlängeln. Sie fuhren die Rue Gerpil* hinunter. Von all den Bildhauern, nach denen die Straßen des Viertels benannt wurden, sagte ihm Germain Pilon am wenigsten. Von Pigalle oder Houdon hatte er eher schon gehört. Sie hielten vor einem Gebäude, das gut dreißig Jahre alt, graugrün, von Anfang an nicht gerade toll gebaut und eher rasch verblüht war. Es gab weder Türcode noch Sprechanlage. Maurice betrat, flankiert von zwei Polizisten, das Haus. Vor den Briefkästen stand eine händeringende Frau. Sie hatte einen Mantel über die Schultern geworfen und zitterte wie Espenlaub. Ihre Augen hatten die Farbe von einem Glas Beaujolais, sie mußte gehörig geflennt haben. Hinter ihr stand ein Typ, der aussah, als wäre er im siebten oder achten Monat schwanger, und qualmte nervös eine dicke Havanna.

«Wir haben schon auf Sie gewartet, es ist schrecklich, nicht mehr auszuhalten, die Leute im Haus haben Angst. Es vergeht keine Woche ohne Schlägerei oder ein schwelendes Feuer!»

«Fast jede Nacht hört man Schreie, die Leute fixen zu jeder Tages- und Nachtzeit im Treppenhaus, wir können unsere Kinder schon nicht mehr allein von der Schule nach Hause kommen lassen.»

Maurice hielt es für besser, die Kommentare der beiden Jammerlappen abzukürzen. Er war bereits vor einem Jahr an diesem Unruheherd gewesen. Im vergangenen Frühjahr hatte man die Hausbesetzer auf Anordnung der

---

* Lokalkolorit: Rue Gerpil = Rue **Ger**main **Pil**on.

Präfektur, nachdem die Karenzzeit abgelaufen war, aus dem Erdgeschoß hinausgeworfen. Es gibt Orte, die einfach ein schlechtes Karma haben! Maurice dachte an den immer gleichen Spruch des reaktionären und paranoiden Bullen: Aus Müll können keine Rosen werden, nur Müllhalden! Er zeterte, man solle endlich zur Sache kommen, woraufhin alle in den Garten hinausgingen. Denn dieses Haus, in dem recht zweifelhafte Leute verkehrten, hatte einen Garten, in dem am Ende eines baumbewachsenen Weges ein nettes zweistöckiges Häuschen stand. Das alles hätte richtig hübsch sein können! Auf der linken Seite des Hauses war eine große Tür, die mit Graffiti besprüht war:

«Hier ist es», sagte die Frau mit den rot geweinten Augen. «Wir haben fürchterliche Schreie gehört.»

«Man weiß nicht mal, wem der Kasten da gehört, der Besitzer ist gestorben, und die Erben sind spurlos verschwunden.»

Nach den üblichen Sprüchen brachen die Bullen die Tür auf. Maurice Laice ging als erster hinein. «Je höher dein Dienstgrad, desto weniger kannst du dein Leben genießen», hätte Hauptkommissarin Lefèvre jetzt gesagt. Es stank nach Urin und Fäulnis. Momo ließ den Strahl seiner Taschenlampe über Berge von Müll und kaputte Stühle gleiten. Der Boden war übersät mit Präservativen und Plastikhülsen. Es handelte sich um eine ehemalige Werkstatt, in der nach dem Krieg Kleidung und Accessoires aus Straußenfedern hergestellt worden waren. Tüten und Papier mit dem Markennamen lagen noch herum, an den Wänden hingen alte Fotos, eines davon zeigte die Sängerin Mistinguett in einem Straußenfedern-Ensemble, das mehr enthüllte als verbarg. Mehrere Türen führten in kleinere Werkstätten. In einem dieser

Zimmer stapelten sich hinten auf einem großen Tisch leere Thunfischdosen, Schinkenverpackungen und Pastetentöpfe. Der Gestank nach Scheiße wurde durchdringender.

Automatisch senkte Momo seine Lampe, um unter den Tisch sehen zu können, sofort erkannte er den Rükken eines Typen, der auf dem Boden lag. Er schob sich zwischen Wand und Tisch. Im Schein seiner Lampe glänzte eine Blutlache. Eingefaßt in diesen Rahmen aus venezianischem Lack war ein Gesicht zu einer grauenvollen Fratze à la Hieronymus Bosch erstarrt, und die weit aufgerissenen Augen blickten ins Leere. Momo blieb die Luft weg. Von der Leiche stieg ein beißender Gestank nach Durchfall auf. Ohne den Toten zu berühren wußte Momo, daß er noch warm war. In der Hand des Toten lag ein mit Kreuz, Pik, Herz und Karo verzierter Aperitifausgießer, wie man sie auf Ricard-Flaschen steckt und zum Crackrauchen verwendet. Scheiße! Anders konnte man das hier nicht nennen – etwas Bekloppteres als einen Crackraucher gab es nicht, und außerdem starben sie alle bekloppt. Momo wollte nichts mit diesem Gesindel zu tun haben. Crack entzieht sich jeder Logik, jeder Wettervorhersage, den Horoskopen oder anderen Hellsehern. Seit man die Place de Stalingrad von den Dealern gesäubert hatte, die mit diesem Pulver handelten, das so gut durchputzte und fast nichts kostete, aber von dem man schon nach dem ersten Mal abhängig wurde, trieben sich die Drogenhändler zwischen der Porte de la Chapelle und Barbès herum, was natürlich für Stimmung auf der *Butte* sorgte, es gibt eben nicht nur das Theater im Leben!

Momo stieg über den Kerl und wäre fast mit seinen Nubuk-Tretern in die granatfarbene Lache gelatscht, konnte sich aber gerade noch festhalten. Er hatte einen Horror vor warmem Blut, sicher aufgrund frühkindlicher Erinnerungen an seine Vorfahren mütterlicherseits, die aus Burgund kamen. Sie schnitten dem Schwein beim Schlachten die Kehle durch und schlemmten dann um dampfende Töpfe herum, wobei sie abgebrühte Därme mit gestocktem Blut füllten. Nichts zu machen, man ist nicht 365 Tage im Jahr und 24 Stunden am Tag stolz darauf, zur Hälfte burgundisches Blut in den Adern zu haben, und der erste, der Momo etwas von Blutwurst mit Äpfeln erzählte, bekam einen Schwall Galle auf die Schuhe.

Als er das Hindernis überschritten hatte, fand er sein Gleichgewicht und seine Fassung wieder. An die Wand gedrückt, ließ er seine Augen einige Sekunden auf dem Netz einer Kreuzspinne ruhen, die so groß wie ein Krebs war. Ihre Speichelfäden glitzerten im Schein seiner Taschenlampe. Der widerliche Geruch von Scheiße und Blut stieg ihm wieder in die Nase. Ihm war speiübel, als er schließlich seinen Blick auf den Toten und dessen schreckliche Wunde am Hals senkte! Noch einer, dem die Kehle durchgeschnitten wurde? Dieses Mal handelte es sich um die riesige Bißwunde eines Hundes, besser gesagt eines Kampfhundes.

Ein Kampfhund! Eine Stunde später machte Momo sich Vorwürfe wegen seiner naiven Schlußfolgerung! Ein Hund ist selten so böse. Der rasende Kampfhund, der diese tödliche Wunde verursacht hatte, lief nämlich auf zwei Beinen, trug einen Slip, war womöglich in der Lage, die Autowert-Tabelle im Anzeigenblatt *La Centrale des Particuliers* zu lesen und einige Wörter auszusprechen, die nicht unbedingt in den neuesten Argot-Wörterbüchern aufgeführt waren. Er hatte gewissermaßen etwas von einem Menschen, falls ein Mensch überhaupt einem anderen mit den Zähnen die Kehle durchbeißen kann! Aber Drogen lassen manche wahre Wunder vollbringen. Die Tommys hatten im Zweiten Weltkrieg Kokain benutzt. Fünfzig Jahre später wurden durch seine Scheiß-Derivate die Grenzen der menschlichen Raserei ausgedehnt, die menschliche Rasse wieder auf das Niveau von Vierbeinern zurückgeworfen, so daß sie die Zähne fletschend bereit waren, jemandem an die Kehle zu gehen, weil ihr Gehirn in den hintersten Winkel verbannt war.

«So was habe ich noch nie gesehen», sagte der Arzt, «aber ich bin fast sicher, man kann deutlich die Spuren der Zähne erkennen, die Zähne eines zweibeinigen Zeitgenossen.»

Maurice gelang es nicht einmal, sich die Szene vorzustellen. Ein Kerl, der sich in ein wildes Tier verwandelte! Das war ja die reinste Farce! Dope und Horrorfilm paßten zwar gut zusammen, aber eine Kehle mit den Zähnen durchzubeißen war doch noch was anderes! Maurice erinnerte sich an ein Mädchen, das er verhört hatte, als er gerade nach Paris zurückgekehrt war. Polizeibeamte hatten sie mitten in der Nacht aufgegriffen, weil sie nackt an der Place du Delta herumgeschrien hatte. In den wenigen Stunden, die sie auf dem Polizeirevier verbrachte, hatte sie Maurice erklärt, daß sie sich ihren Stoff mit «blow jobs», also gewissermaßen mit Schwanzlutschen verdiente. Sie liebte es geradezu, Crack zu rauchen und dabei zu vögeln! «Es ist der Schwanz des Teufels, du kannst nie genug kriegen, und beim Orgasmus platzt deine Wolke nicht, im Gegenteil, du hebst noch mal so hoch ab.» Sie hatte so abgehoben, daß Maurice sie in ein Sleep-In im Goutte-d'Or-Viertel brachte, wo Obdachlose ein oder zwei Nächte bleiben konnten. Als sie das Asyl wieder verließ, warf sie sich vor einen Autobus. Sie war sofort tot.

«Ich würde sogar wetten, daß das hier der Abdruck einer Brücke über den linken vorderen Backenzähnen ist», sagte der Gerichtsmediziner und verzog das Gesicht hinter seinem Vergrößerungsglas. «Mit dieser Bißstelle hier, die die Haut nicht verletzt, sondern nur Spuren hinterlassen hat, müßte es möglich sein, das Gebiß zu rekonstruieren. Das ist genauso unverwechselbar wie ein Fingerabdruck.»

Momo schaute nicht hin. Er starrte auf das schmutzige Federmesser, das neben kleinen Plastikröhrchen mit verschiedenen Scherben, Krusten und Fingernägeln auf einem Taschentuch lag. Er dachte an seinen Vater, der in diesem Augenblick wahrscheinlich schon kein Gesicht mehr hatte, aber es war wirklich nicht der Augenblick, um das Grauen noch zu vergrößern. Ein Federmesser! Vielleicht waren auch Elsa und Manfred im *Moulin Rouge* mit einem Federmesser ermordet worden. Ein Schneidewerkzeug. Aber welches? Alle Welt war im Besitz eines Federmessers! Die Schulkinder, um ihre Bleistifte zu spitzen, Junggesellinnen, um ihren Teppich zuzuschneiden. Momo versuchte, den ekligen Gestank, der von dem Toten ausging, durch seine Grübeleien zu verdrängen. Der Mörder vom *Moulin Rouge* war ein Wahnsinniger. Kein durchgeknallter Fixer. Er hatte sich Zeit genommen, die Leichen zu vereinen, Zeit zu einer Inszenierung...

«Verbrennungen an den Lippen, das ist typisch», bemerkte der Gerichtsmediziner. «Stark entzündeter Abszeß an der Hand, Schnittwunden am ganzen Körper. Bei Paranoiaanfällen schneiden sie sich häufig selbst in die Haut, weil sie glauben, sie hätten kleines Getier im Körper, das sie so hinausbefördern müßten.»

Dem Arzt ging offenbar seine Phantasie durch, weil er zuviel wußte! Was die Personalien betraf, so brauchte er die Wissenschaft nicht weiter zu bemühen, der Tote hatte seine Papiere bei sich. Hubert Laboureur, 33 Jahre alt, wohnhaft in der Rue de Belleville im 19. Arrondissement. Während die polizeilichen Hilfstruppen der Spuren- und Beweissicherung nachgingen und winzigste Staubreste von der Leiche kratzten, eine Schlammprobe von ihren Schuhen und einen Schuhabdruck nahmen, mußte Momo mehrmals in den Garten hinausgehen, um frische Luft zu schnappen, er konnte nicht mehr. Seine Wade rund um die Krampfader pochte wie ein alter Aufziehwecker und in seine Schultergelenke bohrten sich Nadeln. Jeder Todesfall ließ ihn um Jahre altern, wenn das so weiterging, war er neunzig, noch bevor er die Fünfzig erreicht hatte.

Genau darauf machte ihn Hauptkommissarin Aline Lefèvre in der ihr eigenen zurückhaltenden Art aufmerksam. Er hatte sie auf einem Latino-Abend im *Queen* per Handy erwischt. Sie liebte Salsa und hatte einmal zu ihm gesagt; «In einem früheren Leben habe ich bestimmt mal in der Karibik gelebt, ich habe afro-kubanische Rhythmen im Blut.» Im Kommissariat befand sie mal wieder, daß er schlecht aussah und doch wohl irgendwann lernen müsse, sich Freizeitbeschäftigungen zu suchen. Ihr Minirock gewährte Einblick bis dahin, wo die Schenkel nicht mehr ihren Namen tragen, und an ihren geweiteten Pupillen war zu erkennen, daß sie mit Pinacolada oder Caipirinha nicht gerade sparsam umgegangen war.

«Treiben sie mich nicht zum Äußersten», stieß Maurice hervor, «diesen netten Abend mit Leiche unterm

Tisch, den hätte ich sogar gegen ein Weihnachtsessen im Club Méditerranée eingetauscht, da können Sie sicher sein ...»

«‹Mehristweniger›, ich komme gerade von einer Fiesta, ich bin ein bißchen beschwipst und nicht in der Laune, die ihren zu ertragen!»

Sie ging zu weit, ihn um drei Uhr morgens nach einer solchen Nacht anzumachen, er hatte noch den Geruch von Scheiße in der Nase, der Magen hing ihm in den Kniekehlen, selbst die übelsten Sadisten könnten ein wenig Mitleid mit jemandem haben, dem es nicht einmal vergönnt gewesen war, in Ruhe sein Schinkenbrot zu essen! Er bemerkte, daß Aline nachdachte, und das verhieß nichts Gutes. Sie streckte sich, wobei ihr üppiges Dekolleté anschwoll, was nicht unbedingt nötig gewesen wäre.

«Ich habe es langsam satt, dieses Klein-Afrika hier in Paris in diesem Saustall Goutte d'Or. Wenn die Exotik alltäglich wird, ist sie überhaupt nicht mehr exotisch! Ich sage ihnen, ich werde in diesem Fall durchgreifen!»

Ein Toter in ihrem Zuständigkeitsbereich, und sie wollte auf der Stelle alles wissen, sie gab Befehle und nicht zu gehorchen, kam gar nicht in Frage, zumal wenn es um Crack ging ... Das war ihr Steckenpferd. Momo sagte seinen Vers auf. Dieser Hubert Laboureur war Verkäufer in einem Maklerbüro im 19. Arrondissement, zu neun Monaten ohne Bewährung wegen Mietbetruges verurteilt, zwei Monate Straferlaß wegen guter Führung. Aline Lefèvre lächelte benebelt vom Alkohol etwas dümmlich :

«Er gefällt mir, Kommissar, ihr Toter mit der durchgebissenen Kehle. Ich war bereit, das Goutte d'Or-Viertel zu übernehmen, weil mir Handlungsfreiheit zugesichert wurde. Ein Problemviertel und im Gegenzug freie Bahn. Und das werde ich ausnutzen, selbst wenn ich meine Nase in Dinge stecken muß, die über meine Kompetenzen hinausgehen.»

Und an ihren Kompetenzen schien die Salsatänzerin keine Zweifel zu haben!

«Wir übergeben alles der Rauschgiftbrigade, aber ich will, daß wir unseren eigenen Spuren nachgehen, okay?»

Sie faselte dummes Zeug, die Latino-Frau. Spuren, welche Spuren? Er hatte bereits einen Doppelmord am Hals.

Würde denn bei der Polizei niemals die 35-Stunden-Woche eingeführt werden? Der Lefèvre war das völlig egal, sie war ganz hingerissen von den Betrachtungen, die jedem Polizisten aus der Seele sprachen:

«Zwischen Goutte d'Or und Pigalle ist Abbesses ein wahres Paradies für eine unersättliche Mafia, die in Leinen und Seide herumläuft. Das wissen Sie so gut wie ich, oder? Ein Viertel, das aufstrebt, im Trend liegt, sich erneuert, ist ein Eldorado für eine bestimmte Art von Abschaum, das haben Sie doch in der Schule gelernt, nicht wahr? Natürlich liegt das bei Ihnen lange zurück, aber bei mir ist es noch ganz frisch!»

Eine Art Schauer lief ihr über den ganzen Körper, sie verzog einen Moment lang das Gesicht, dann faßte sie sich wieder:

«Stehen Sie nicht da wie ein Holzklotz, ‹Mehristweniger›, ich werde Ihnen eine kleine ...»

Ihr Handy surrte. Maurice fragte sich, ob sie ihm gerade eine kleine Belohnung vorschlagen wollte, mal sehen! Ihre Stimme klang wie das sanfte Schnurren einer Katze:

«Seid ihr zu Hause, ihr beiden? Ich komme! Öffnet

schon mal den Champagner und seid brav, aber nicht zu brav!»

Donnerwetter! Was war das für ein Weib? Das Mieder voller Busen und das Bett voller Weibsbilder!

«Ich will wissen, was in diesem Haus vor sich geht. Hinter dem Crack stecken noch andere Sachen, da geht es um viel Geld, um Spekulation! Die Rauschgiftbrigade wird ihre Arbeit tun, und wir auch! Ich will die Drahtzieher! Ich habe dafür gesorgt, daß eine junge Praktikantin eingestellt wird, fünfundzwanzig Jahre alt, hervorragende Ausbildung, EDV hat sie schon mit der Muttermilch eingesogen, Sie werden sehen, die wird Ihnen noch was vormachen!»

Momo gähnte. Die Drahtzieher, EDV, hervorragende Ausbildung, was für ein Programm!

«Zügeln Sie Ihre Begeisterung, ‹Mehristweniger›! Sie haben morgen Vormittag frei. Ich will Sie nicht vor zwei oder drei Uhr nachmittags sehen.»

Er dachte, daß sie am nächsten Vormittag wohl auch nicht im Büro sein würde, da sie sich von ihrem flotten Dreier erholen mußte, in den sie zwangsläufig etwas später einsteigen mußte. Fast hätte er ihr einen guten Fick gewünscht, ließ es aber sein. So gemein war er nun auch wieder nicht.

Nicht bewegen. Ihr blaues Baumwolltuch ist mit getrocknetem Blut durchtränkt. Läßt sie frieren. Ihr Mund ist von dem geronnenen Blut verklebt. Nicht schreien. Sich auf die regelmäßigen Schläge in ihrer Brust konzentrieren. Ein Herz für zwei Körper. Zuweilen überschütten die Mörder die übereinanderliegenden Leichen mit einem Schwall von Worten. Durchsuchen, bestehlen, verlagern sie. Nicht bewegen. Möglichst wenig atmen, damit kein Hauch dieses vergessene Leben verrät.

Um 5 Uhr morgens rollte sich Momo wie ein Greis im Altenheim nach Suppe, Tabletten und Kräutertee im Bett zusammen. Er erwachte in den Armen seiner Mutter. Das Skelett seines Vaters tanzte Tango zu einem Chanson von Guy Marchand. Maurice wäre Carlos Gardel lieber gewesen, aber Alpträume haben nicht immer einen so guten Geschmack, wie man es sich wünscht. Auf seiner Matratze direkt am Boden öffnete er ein verquollenes Auge, und sein Blick fiel auf einen schmutzigen Slip, der in ranzigem Weiß vor sich hin schmachtete – das erste Anzeichen des Chaos, das sich auf den alten Terrakottafliesen seiner Höhle ausbreitete. Es war erst 7.30 Uhr, und Preßlufthammer ließen das Geschäft erzittern. Das Schaufenster klirrte glockenhell. Schon wieder Bauarbeiten, das nahm kein Ende, Paris war eine riesige Baustelle, vierhundertfünfzig Tage im Jahr! Wenn man ihm schon mal einen freien Vormittag genehmigte, wurde er von einem Erdbeben geweckt, verdammte Scheiße, er hatte die Schnauze voll!

Als er, mit Pantoffeln an den Füßen, in Gesellschaft seines Dromedars einen Nescafé trank, schien es ihm, als wäre der Riß unter dem Plakat von *Pierrot le fou* noch breiter geworden, er konnte jetzt fast den kleinen

Finger hineinschieben. Der Tag fing ja gut an! Schade, daß er sich nicht wegen einer Blinddarm- oder Lungenentzündung vor Schmerzen wand. Dann käme er ins Krankenhaus, könnte sich einige Tage auf die faule Haut legen und der ganzen Scheiße entkommen. Doch fürs erste hatte er frei. Statt des Einmaleins sollte in der Schule lieber Freizeitgestaltung unterrichtet werden. Was könnte er bloß unternehmen?

Die Bauarbeiten in der Rue Gabrielle erstreckten sich über gut dreihundert Meter. Die Gasleitungen wurden erneuert. Damit hätten sie einige Wochen zu tun, verkündete das Schild, das sich «für Ihren Komfort und Ihre Sicherheit» verbürgte. Es regnete nicht, das war noch ein Glück, aber ein feuchter Wind pfiff von einem schlappen, fetten Himmel. Es bestand keine Gefahr, sich schon einen vorgezogenen Frühlingssonnenstich zu holen. Maurice tröstete sich im *Dymey* mit einigen Schlucken Cagnard aus der Flasche, mit einem Calvados sozusagen. Er machte sich Sorgen um seine Mutter. Er würde zu ihr fahren müssen. Sie dachte daran, das Häuschen der Familie zu verkaufen. Plötzlich verstand Momo, was «aus dem Häuschen sein» bedeutet, nämlich nicht ganz richtig zu ticken. Es wäre zu schwer für sie, das eheliche Heim zu ertragen, weil es plötzlich zu einer teuflisch genauen Black box geworden war, angefüllt mit den Gegenständen und Gesten eines Menschen, der hier mal gelebt hatte. Mit Liebesgeschichten ist es wie mit Erdbeben: der größte Schaden entsteht durch ihre Dauer. Er sah wieder, wie sich seine Eltern dreißig Jahre zuvor in der nagelneuen Küche des bescheidenen Häuschens geküßt hatten, das erst als Ferienhaus und dann als Alterssitz gedacht war. Land, Rückzug, das waren schon viel zu kriegerische Begriffe für diesen Zweitwohnsitz des täglichen Einerleis ohne Kämpfe, aus dem nun eine Gedenkstätte für Trauer und Schmerz geworden war. Die Überlebende mußte sich an diesem Ort der Niederlage verloren fühlen. Und ihr Sohn war nicht in der Lage, ihr den kleinsten Friedensplan vorzuschlagen.

Als er das *Dymey* verließ, ging er zur Rue Burcq hinauf und blieb vor dem Geschäft des Bildhauers stehen. Im Schaufenster war die kleine Bronzestatue eines sich umarmenden Paares ausgestellt. Offenbar wurde Momo Tag und Nacht von Bildern eng umschlungener Paare – ob tot oder lebendig – verfolgt. Er trat ein. Der Goldschmied und Bildhauer zuckte kurz zurück. Das wirklich Angenehme am Polizistenberuf ist die tägliche Freude, die man anderen bereitet, wenn man sie besucht. Überall wird man von einer Flut schlechter Erinnerungen – Schule, schlechte Noten, Armee, Knast, sadistische Eltern, Ohrfeigen, Prügel – empfangen.

«Wieviel kostet das Paar im Schaufenster?»

Der Bildhauer fand sein Lächeln wieder und plazierte die Statue auf einer kleinen Konsole. Momo stellte Fragen, die nicht von einem Bullen kamen, betrachtete die Werkzeuge aus Buchsbaum, die zum Hämmern des Silbers und Neusilbers dienten. Er verbrachte zwei Stunden bei dem Künstler, der sich bereiterklärte, ihm die Bronzestatue mit 15% Rabatt und einem zinslosen, einjährigen Kredit zu verkaufen.

«Zu Ehren der Kleinen!»

«Ich kannte sie nicht, wissen Sie, und ich bezweifle, daß sie mich gemocht hätte. So einen alten, traurigen Bullen.»

«Sie war wirklich eine kleine Persönlichkeit! Sie redete nicht viel, aber ich bin sicher, sie hatte es schwer. Ihr Leben war bestimmt nicht alle Tage rosig. Man hatte den Eindruck, daß sie für ihr Alter schon viel erlebt hatte.»

Momo verzog das Gesicht, wickelte einen Zimtkaugummi aus dem Stanniolpapier und steckte ihn gefaltet in den Mund. Das wollte er lieber nicht wissen. Die Brünette im roten Lackmantel war ein Engel, rein und unschuldig, manchmal darf man auch Unsinn glauben, das ist erholsam. Übrigens hatte Momo noch keinen Kontakt mit der Polizei von Bastia aufgenommen, vielleicht würde er die neue Assistentin, die die Chefin eingestellt hatte, bitten, sich darum zu kümmern, weil er... also Korsika, nein danke!

Es war fast Mittag, als er mit diesem eng umschlungenen Liebespaar unter dem Arm die Rue Aristide-Bruant zu Rémys Geschäft an der Ecke Rue Véron hinunterging. Seit dreißig Jahren hatte sich das Ladenschild nicht verändert. In Weiß mit schwarzer Umrandung stand in alten Lettern geschrieben: ANTIQUARIAT – AN- UND VERKAUF. Die wurmstichige Holzfassade war mit abgeblättertem, schwarzem Lack und blauen, weißen und roten Tags überzogen – eigenartige, mehr oder minder chinesische Schriftzeichen in den Farben des Frankreichs. Vielleicht war dieser mittelalterliche Laden der Grund dafür, daß Momo sich nach seiner Rückkehr aus der Normandie entschlossen hatte, in einem Geschäft zu wohnen. Seine ganze Kindheit über hatte er davon geträumt, wie sein Freund Rémy im Erdgeschoß zu wohnen, mit einem großen Schaufenster zur Straße hin. Spielen, in einem Laden zu leben. Nicht einfach in einem Schuhkarton wie andere Kinder. Dieser Glückspilz Rémy! Außerdem teilte er noch das Leben Tausender Personen in den Büchern. Genährt von ihren Abenteuern und durchdrungen von ihren Geheimnissen, war er ein größerer, strahlenderer Held als die anderen Kinder seines Alters. Rémys Vater hatte fast alles gelesen, also fast alles erlebt. Seine Mutter, eine Kunstmalerin, erfand Welten und Wesen, die in den Bereich der Träume gehörten. Momo hingegen erstickte zwischen den großen Möbeln in der elterlichen Zwei-Zimmer-Wohnung in der Rue Coustou. Er lebte mit geschlossenen Augen, erdrückt von der lastenden Wirklichkeit, dem verteufelten Alltagseinerlei mit seinem Vater, der bei Renault arbeitete, und seiner Mutter, die in einem Fischgeschäft in der Rue Lepic beschäftigt war. Erkennen die, die mit offenen Augen träumen, ihre Chance?

Momo ging hinein. Dasselbe Klingeln der Türglocke wie vor dreißig, zwanzig, zehn Jahren. Derselbe Geruch nach staubiger Tinte und altem Papier. Dasselbe undurchdringliche Schweigen der Bücher. Wie dreißig Jahre zuvor war die linke Wand den Schriftstellern von Montmartre vorbehalten: Carco, Bruant, Mac Orlan, Dorgelès. Zu der Zeit, als seine Freunde Marcuse, Sartre, Jung und Kerouac verschlangen, genossen Rémy und Momo die Abenteurer der *Butte*, die die Stimmungen, Sorgen und Liebschaften der kleinen Leute und die verrufenen Orte erforschten. Ganz in die Erinnerungen eines alten Mannes versunken, strich Momo gerührt über einige abgenutzte Einbände. Malika saß im Hinterzimmer und hatte nicht aufgesehen. Sie bearbeitete Bucheinbände an ihrer Werkbank. Sie war anderswo, weit weg, ganz vertieft in ihre Pappen, ihr buntes Papier, ihren Leim und ihr Leder. Während sie drückte, preßte, schnitt, leuchtete ihr Gesicht vor Aufmerksamkeit. So konzentriert auf ihr Werk der Rettung und Verschönerung von Büchern, schien sie noch jünger als fünfundzwanzig Jahre zu sein. Momo folgte dem starken Geruch von Leim und frischem Leder. Früher hatte es in dem Geschäft keine Buchbinderei gegeben. Rémy hatte das Hinterzimmer für Malika eingerichtet, als sie vor zwei Jahren zu ihm gezogen war. Sie erhob sich schüchtern, um Maurice zur Begrüßung zu küssen, und legte dann weiter Fäden in die Heftlade aus hellem Holz. Er war ebenso verlegen wie sie, wagte nicht, sie anzusehen. Malika war zu schön für ihn, zu strahlend. Sie machte sich daran, die Broschur zu entfernen, indem sie vorsichtig mit einem Messer die gefalzten Druckbögen vom Rücken des Einbands löste. Momo dachte, er hätte nie die Geduld, stundenlang über seine Hände gebeugt dazusitzen. Er nahm ein Buch von einem kleinen Regal. Halb gebunden, mit braunem Lederrücken und marmoriertem Deckel, fühlte es sich dank seiner neuen Küraß glatt und weich an und ließ die vergilbten Seiten mit den Stockflecken vergessen. Es war *Jésus la Caille* von Carco.

«Das war unser Kultbuch. Rémys und ...»

«Vor allem deins», sagte Rémy, als er ins Zimmer kam.

Er ging bleich und mit müdem Gesicht zu Maurice und schloß ihn in die Arme. Die Zuneigung seines einzig wahren Kumpels tat Momo gut. Er drückte ihn fest, und das war tröstlich. Doch Rémy ging es ziemlich dreckig. Er würde den Laden bald schließen müssen. Der Mietvertrag lief aus und der Besitzer verlangte eine Mieterhöhung, die der Antiquar nicht zahlen konnte. Natürlich war das mittelalterliche Geschäft ein Störfaktor in dem In-Viertel, und der benachbarte Friseursalon brannte darauf, sich zu vergrößern. Wann würden die Indianerstämme die verdammten Cowboys, diese nichtsnutzigen Schafscherer endlich skalpieren?

Rémy hatte die Hand liebevoll um die Schultern seines alten Schulfreunds gelegt. Diese beruhigende und freundschaftliche Geste befreite Momo endlich aus dem Eisblock, in dem er seit der Beerdigung seines Vater eingefroren war. Arm in Arm, wie zwei Kinder, ließen sie Malika zurück und gingen zurück in den Laden.

«Und deine Mutter?»

«Sie scheint zurechtzukommen, ich müßte bald mal zu ihr hinfahren.»

Für Rémy war es sicher schlimmer gewesen, zehn Jahre zuvor Vater und Mutter auf einen Schlag bei einem Autounfall zu verlieren. Auch sie hatten sich bis in den Tod umschlungen gehalten. Momo war es leid, dieses Bild immer wieder vor Augen zu haben. Er wandte sich lieber Konkretem zu:

«Hat Malika dir erzählt, daß Boualem vielleicht einen Käufer für den Warenbestand hat?»

Rémy warf seiner Frau einen panischen Blick zu, wie ein Ertrinkender, der nicht einmal versucht zu schwimmen. Rémy sah in seiner Frau ein Kind, das völlig unselbständig war und unfähig, auf sich aufzupassen. Momo beneidete ihn um diese Fähigkeit, jemanden so anzubeten. Er hätte sich auch so gern verliebt, hätte sich gewünscht, sich für jemanden zu entflammen.

«Hm, nein, sie hat mir nichts gesagt! Ich werde mal bei Boualem im *L'Oracle* vorbeigehen ...»

Die Angst verzehrte ihn, Rémy war alt geworden, gebrochen und kaputt, und das zog Momo die Eingeweide zusammen!

«Einen kleinen Jack Daniel's?»

«Aber nur einen ganz kleinen!»

Rémy schenkte beiden einen dreifachen ein. Momo lehnte sich an einen Abstelltisch, auf dem sich Bildbände über die Belle Epoque türmten. Er wußte, daß Rémy sich Vorwürfe machte, weil er Malika nichts Besseres als die winzige, dunkle Wohnung im ersten Stock bieten konnte, die man über die Wendeltreppe erreichte. Hier zu wohnen war nun wirklich kein Traum mehr, nicht einmal ein Bohèmeleben, es war einfach nur Scheiße.

«Bleibst du zum Essen?»

«Nein. Ich bin wegen Manfred Godalier vorbeigekommen. Du stehst in seinem Adreßbuch.»

«Ich habe in der Zeitung gelesen, daß er ermordet worden ist», murmelte Rémy.

Das Gewicht des Schicksals schien ihn zu erdrücken. Er betrachtete die Bücherwand und seufzte:

«Er kam in den Tanzkurs in der Rue Coustou, natürlich, daher kenne ich ihn.»

Momo verzog das Gesicht. Rémy mußte in Manfred den jungen Tänzer voller Energie gesehen haben, der er früher selbst gewesen war. Als Jugendlicher war Rémy der schönste Kerl des Gymnasiums Jacques-Decour, er brachte den Hormonhaushalt eines jeden jungen Mädchens durcheinander, das ihn ansah. Er hatte als erster Gitarre gespielt, Rock getanzt, sein eigenes Appartement gehabt, Mädchen gebumst, er hatte sich vor nichts gefürchtet. Er jonglierte mit Alkohol und Drogen, ohne je einen Kater zu haben oder auf einen schlechten Trip zu gehen. Der Dandy, Heroin- und Kokainkonsument, Frauenheld und Büchernarr beeindruckte seine Umwelt mit Zitaten von Rimbaud und Mac Orlan. Als Erwachsener war er ein blendender Tänzer geworden, der durch verschiedene Truppen in New York, Moskau, Prag und London wirbelte. Dann kam der Unfall seiner Eltern. Drei Monate später die verkorkste Operation einer Mißbildung seiner Wirbelsäule. Sechs Monate Krankenhaus. Unmöglich, wieder zu tanzen. Ein Jahr später die zweite Operation. Wieder ein Fehlschlag. Nach dieser Serie von Katastrophen hatte er seinen Körper aufgegeben, wie andere die Waffen strecken. Der Rücken wurde von Krämpfen zerfressen, das rechte Bein brannte unter ständigen Ischiasschmerzen, also hatte er das Antiquariat seines Vaters übernommen. Doch andere mit Gedichten und Geschichten zu versorgen, hatte das Tanzen nie ersetzen können. Er hatte angefangen zu trinken. Zweifellos um jenes Ich zu vergessen, das für immer verloren war und dem er nicht mehr nachzujagen brauchte.

«Wir haben ein- oder zweimal ein Glas zusammen getrunken», fuhr Rémy fort.

«Man hat mir gesagt, er hätte nicht getrunken.»

«Ich glaube, er war eher auf Mineralwasser mit Zitrone abonniert. Das war sein Problem.»

Momo fragte sich, wie Rémy, krumm wie er war, noch zweimal wöchentlich Tanzunterricht geben konnte. Das Ritual der Arabesken, der Dehnübungen, der Sissonsschritte immer wieder durchzuziehen, dürfte seine letzten Illusionen zerstört haben. Er hatte nichts mehr von einem Tänzer. Seine einst durch das Training wohlgeformte Muskelmasse war aufgedunsen und verschoben. Der Hals versank in den Schultern, die Taille war dicker geworden, der Oberkörper zusammengekrümmt.

«Ich glaube, er hat lange in den Vereinigten Staaten gelebt», murmelte er.

«Er war drei Jahre in New York.»

Momo betrachtete das mitgenommene und gealterte Gesicht seines Kumpels. Leer wie ein ausgenommener Fisch lebte er nur noch durch Stellvertreter: die anderen tanzten für ihn und Malika atmete für ihn. Er hatte die junge Algerierin geheiratet, damit sie die französische Staatsangehörigkeit bekam, und für eine Weile hatte sich seine Froschfratze von neuem mit Anmut beseelt. Doch das Unglück hatte ihn wieder eingeholt, als hätte es sich für ihn entschieden, ein für alle mal.

«Santé!» sagte Rémy und schenkte sich einen dritten Jack Daniel's ein.

Er starrte Momo an:

«Du verdächtigst mich doch wohl nicht?»

Maurices Magen zog sich zusammen. Das alles war zu hart für Rémy. Kummer, Trauer und Entsagungen bildeten eine unüberwindliche Mauer, so daß er alles nur in dem lauen Nebel des Alkohols ertragen konnte.

«Hat er dir nichts Außergewöhnliches erzählt?»

«In New York hat er in der Truppe einer gebürtigen Holländerin gearbeitet ...»

«Elke Patrice, ich weiß!»

«Wir hatten einige gemeinsame Bekannte, mit denen ich früher getanzt habe und die heute Choreographen sind.»

«Ist doch komisch, daß du in seinem Adreßbuch stehst?»

Momo spürte Rémys Gereiztheit. Daß sein Freund jetzt bei ihm den Bullen spielte, war ein weiterer Schlag. Momo seufzte. Dieser Masochistenjob würde doch wohl nicht den einzigen Freund, der ihm blieb, gegen ihn aufbringen! Der einzige, mit dem er sechs Jahre lang, bis hin zur Abschlußklasse, täglich zusammen gewesen war, und das zu einer Zeit, wo die Jahre noch lang waren, wo sie noch ganz waren und einem noch nicht zwischen den Fingern zerrannen.

Momo betrachtete die auf den Regalen aufgereihten

Buchrücken. Er war bei dem Buchstaben R angelangt, R wie Rilke, Rimbaud, Rezvani. Malika hatte sich nicht von ihrer Werkbank weggerührt. Sie sah sie nicht an, sie hörte ihnen nicht zu, sie war immer anderswo, in ihrer eigenen Welt, bei ihrem Leder. Seit sie ihr gemeinsames zwei Monate altes Baby Alya leblos in der Wiege gefunden hatte, war sie stetig abwesend. Der plötzliche Kindstod ist eine Ungerechtigkeit, eine Strafe, der schlagende Beweis für die Unfähigkeit Gottes. Malika sprach nie darüber. Sie redete überhaupt immer weniger. Daran schien auch die leidenschaftliche Liebe, die ihr Rémy entgegenbrachte, nichts zu ändern. Der Lebensinhalt eines anderen zu sein ist vielleicht keine Ehre, sondern eher ein Gefängnis.

Momo entschuldigte sich:

«Ich dachte, es wäre weniger unangenehm, wenn wir ganz formlos hier bei dir zu Hause darüber sprechen als bei einem regulären Verhör auf dem Kommissariat...»

«Sicher!»

«Gut, wenn du nichts zu sagen hast, Schwamm drüber.»

Er hielt ihm seine Zigarilloschachtel hin. Der ehemalige Tänzer bediente sich. Momo entzündete das Feuerzeug zwischen ihnen, und die bläuliche Flamme brachte einen kleinen Augenblick der Ruhe, beinahe Entspannung.

«Ich verfasse einen kleinen Bericht und bringe ihn dir zum Unterschreiben her, du brauchst nicht extra vorbeizukommen.»

Rémy nickte und bot eine neue Runde an.

«Nein, danke, für mich nicht mehr», meinte Momo.

Er ging an der Bücherwand entlang bis zum Anfang des Alphabets, blieb bei dem Buchstaben C stehen und zog *Le Réquiem des Innocents* von Calaferte hervor, dessen *Méchanique des femmes* ihm besonders gefallen hatte.

«Dieses Buch hätte ich gerne, in blauem Leder gebunden.»

«Das mußt du mit Malika besprechen. Ißt du mit uns?» bot Rémy ihm an.

«Nein, danke!»

Momo nahm das Paket, das er von dem Bildhauer mitgebracht hatte, und wickelte die Bronzestatue aus. Rémy fragte anerkennend:

«Die hat der Typ aus der Rue Burq gemacht, stimmt's? Ich mag seine Arbeiten sehr.»

«Sie ist für euch», sagte Momo. «Ihr habt sie verdient. Ich ...»

Rémy griff nach der Skulptur. Momo sah einen Hauch der alten Fröhlichkeit über sein Gesicht huschen. Er wandte sich an seine Frau und sprach mit ihr wie mit einem Kleinkind:

«Sieh nur, wie schön das ist, mein Herz! Es ist für uns!»

Malika hob den Blick und betrachtete das umschlungene Paar. Tränen liefen aus ihren starren Augen. Rémy schloß sie in die Arme.

«Mein Liebling, mein kleiner Liebling.»

Momo senkte den Blick. Er war nicht gerade stolz. Er hatte zur Abwechslung mal wieder Mist gebaut. Trotzdem verstand er nicht, warum Rémy seine Frau wie ein Baby behandelte. Malika drückte Maurice einen Kuß auf die Wange.

«Du hast keine Wahl, du mußt bleiben», entschied Rémy.

Als Maurice zum Kommissariat zurückkam, thronte ein junges Mädchen sehr selbstbewußt hinter ihrem Schreibtisch! Sie war winzig, eine Art Minnie Maus mit spitzer Nase und lächelte ihn mit unendlichem Enthusiasmus an, Momo verkrampfte sich auf der Stelle. Er verabscheute Leute, die immer gute Laune hatten und mit angespannten Lachmuskeln das Leben stets von der guten Seite nahmen – man mußte sich fragen, wo sie die fanden! Momo stellte sich vor, daß sie hinten am Schädel eine Wäscheklammer hatten, die ihre Mundwinkel an den Ohren hielt. Diese allzu fidelen Zeitgenossen erweckten bei ihm regelmäßig den Wunsch, besonders mißmutig dreinzublicken.

«Ich möchte Ihnen Caty vorstellen», sagte die Chefin, die hinter ihm hereinkam. «Kommissar Laice, genannt ‹Mehristweniger›, wegen ‹more is less›. ‹Wenigeristmehr› würde besser zu ihm passen, er ist wesentlich kompetenter, als er aussieht.»

«Dann muß er wohl wirklich sehr kompetent sein», kicherte Caty, die Mundwinkel zu den Ohrläppchen hochgezogen.

Momo knirschte mit den Zähnen:

«Was den Schein angeht, so kann man nicht gerade behaupten, daß Sie ihn wahren! Und dann heißt es, Männer wären Frauenhasser, aber ehrlich gesagt, wenn man uns beißt, bevor wir die Hand ausgestreckt haben, sollen wir da nicht tollwütig werden!»

«Keine Sorge, Caty, er ist nicht so kratzbürstig, wie er wirkt. Er ist emotional, nur ein wenig vernachlässigt, ich zähle auf Sie, daß Sie ihm da wieder Hoffnung machen.»

Momo spürte eine beißende Welle der Wut in sich aufsteigen. Warum brüllte er eigentlich dieser dummen Pute nicht ins Gesicht, daß er das Mäuschen nicht mal zum Schuheputzen haben wollte? Welch ein Kreuz, so lieb und nett zu sein! Er blieb stumm und wartete, bis es vorbei war. Angeblich soll man, wenn man wütend ist, nichts sagen und nichts tun, sondern erst einmal das Alphabet aufsagen, wenn möglich auf Japanisch, das ist sicherer, aber Momo war nicht sprachbegabt.

«Freut mich, Kommissar», sagte das Mäuschen mit sperrangelweit aufgerissenem Mund.

«Caty wird vor allem im Büro arbeiten, ich weiß, daß Sie von dem Papierkram Migräne kriegen. Sie hingegen kann wochenlang zwischen Computer, Telefon und Internet leben.»

«Dann werden wir uns ja nicht ins Gehege kommen», brummte Momo.

«Sie hat die Konten des schönen Tänzers überprüft, offensichtlich ist Ihnen da einiges durch die Lappen gegangen.»

Momo nahm den Tadel hin, ohne mit der Wimper zu zucken.

«Er hatte ein zweites Konto bei einer Privatbank. Einen bedeutenden Teil seines Geldes bekam er von einem gewissen Philip Leigh, amerikanischer Staatsbürger, wohnhaft in New York.»

Momo war stinksauer, daß man ihn auf seinen Fehler aufmerksam machte. Wahrscheinlich war er ungerecht. Man gab ihm eine Sekretärin, die süchtig nach Papierkram war, das war ein unverhofftes Glück! Aline Lefèvre schnurrte:

«Was unseren Toten aus der Rue Gerpil angeht, so organisierte er neben seinem Job als Immobilienmakler im 19. Arrondissement noch Rave Parties! Und man hat zwei Pillen in seiner Hosentasche gefunden, die total kaputtmachen: GHB-Kapseln! Das ist natürlich nicht mehr Ihre Generation, aber...»

«Trotz meiner unendlichen Blödheit kommt es doch bisweilen vor, daß ich Zeitung lese», protestierte Momo. «Ich bin sogar in der Lage, mich zu erinnern, daß GHB ein Psychopharmakon ist, das ursprünglich als Narkosemittel benutzt wurde.»

«Nicht schlecht! Caty, kennen Sie dieses Dreckszeug?»

«Nein!»

«Bei Sportfanatikern war GHB vor zehn, zwanzig Jahren äußerst beliebt zum Muskelaufbau. Dann haben einige Junkies seine berauschende Wirkung entdeckt. Da es die Sinnlichkeit steigert und für einige Stunden zum Ausfall des Erinnerungsvermögens führt, wird es in den USA ‹Rendezvous mit der Vergewaltigung›, ‹leichtes Mädchen› oder ‹perfekter sexueller Einbruch› genannt. Ein Sodawasser mit dem geruchs- und geschmacklosen GHB verrührt, und die Typen können ein Mädchen bumsen, das sich am nächsten Tag an nichts mehr erinnert.»

Sie war angespannt wie ein zum Zerreißen gedehntes

Gummiband, ihre Augen sprühten Funken, und Momo sah, daß ihre Lippen und Hände zitterten, unglaublich, wie schnell ihre Stimmung umschlagen konnte!

«Ein Traum für Männer, was?» sagte sie und warf ihm einen vernichtenden Blick zu.

Er hatte Lust, sie zu ohrfeigen, er konnte sie wirklich nicht mehr ertragen. Sollte sie doch ihren Männerhaß an jemand anderem auslassen!

«Sie wissen doch, daß ich kein richtiger Mann bin, Frau Hauptkommissarin, man kann schließlich nicht alle Qualitäten haben!»

«In Verbindung mit Alkohol oder falsch dosiert, kann GHB zu Atemstörungen bis hin zum Koma führen. Kurz, Kommissar, ich habe ihnen ja neulich gesagt, daß dieses In-Viertel nach immer neuen Kicks lechzt, und ich glaube, damit lag ich nicht ganz falsch!»

Momo dachte, daß synthetische Drogen offenbar ihr Steckenpferd waren. Da hatte sie noch eine Rechnung offen, soviel stand fest!

«Und diese alte Werkstatt für Engelfedern, wem gehört die?» fragte er, um Interesse vorzutäuschen.

«Miteigentum. Es gehörte der Gesellschaft *Plumier*. Der ehemalige Direktor ist auf irgendeiner Karibikinsel vor zehn Jahren gestorben. Caty wird versuchen, mehr herauszufinden!»

Aline Lefèvre faßte Momo beim Arm und schob ihn auf den Gang:

«Wenn Sie weiterhin den Kopf so hängen lassen, daß Sie sich aufs Kinn treten, bekommen Sie ein Schild mit der Aufschrift ‹Bissiger Hund› um den Hals.»

«Ich beiße nur die, die ich sehr gut und schon seit langem kenne!»

Sie führte ihn in ihr Büro:

«Willkommen in meiner Hundehütte!»

An den Wänden hingen Fotos der schönsten Frauen der Welt: Die Bardot, Ava Gardner, die Cardinale und Grace Jones leisteten Aline Lefèvres Geliebten, der vom Finanzministerium, einer Art rothaariger Deneuve, Gesellschaft.

«Caty wird uns einen detaillierten Bericht über die Geschichte des Miteigentums in der Rue Gerpil machen und alle Transaktionen in der Gegend durchleuchten: im Städtebau, Kataster, bei den Investitionen. Ich habe einen Informanten beim Rauschgiftdezernat, der uns über alles auf dem laufenden halten wird, was in Richtung Crack und synthetische Drogen läuft. Ich will die undurchsichtigen Geschichten um die Verrückten verstehen, die sich die Kehle durchbeißen. Was das *Moulin Rouge* angeht, sollten wir dieser Geschichte mit dem amerikanischen Mäzen nachgehen.»

«Ich durchforste gerade Manfreds Adreßbuch, suche die Leute auf, ich schreibe Ihnen dann einen Bericht. Ich war in der Tanzschule in der Rue Coustou, habe die Lehrer und Schüler befragt, aber letztlich war er mit niemandem wirklich befreundet!»

«Und seine Mutter?»

«Noch immer nicht aufgetaucht. Die Kollegen aus Beauvais warten auf sie. Die Regisseurin, die angeblich zu reich ist, ist immer noch dreihundert Kilometer von Sydney entfernt im Busch.»

«Ach, apropos Reise, ich haben Ihnen ein Flugticket nach Bastia besorgt, wenn wir darauf warten wollen, daß uns die Korsen einen Bericht über die Kleine schicken, sind Sie bis dahin vielleicht schon in Pension und verbringen einen friedlichen Lebensabend.»

«Ich bin nicht so alt, wie ich aussehe, wissen Sie!»

«Der Mangel an Humor beschleunigt leider den Alterungsprozeß erheblich, Pech für Sie.»

«Was das angeht, ist auch die korsische Sonne nicht gerade empfehlenswert!»

«Verdammt noch mal, ‹Mehristweniger›! Sie kriegen aber auch alles in den falschen Hals. Haben Sie Flugangst, oder was?»

«Ich stelle mir schon die begeisterten Begrüßungsrufe am Flughafen von Bastia vor. Die Korsen sind geradezu verrückt danach, daß man die Nase in ihre Angelegenheiten steckt, das ist doch allgemein bekannt!»

«Mama ist ja da, mein Junge! Sie läßt Sie nicht im Stich. Mein Ex wird Sie dort in Empfang nehmen.»

Momos Blick glitt automatisch über die Fotos. Ex? Wieso Ex? Die rothaarige Deneuve war noch im Rennen, also ihre Vorgängerin?

«In einem früheren Leben war ich verheiratet, mein Lieber, *nobody is perfect.*»

«Mit einem Korsen?»

«Mit einem Bretonen. Zu jener Zeit glaubte ich noch, fünfbeinige Wesen lieben zu können.»

«Ein Bein? Ein Bein nennen Sie dieses bescheidene Anhängsel, da idealisieren Sie aber etwas!»

«Sie haben schon richtig verstanden! Es fällt mir ziemlich schwer, die Fixiertheit der Wesen mit veränderlichem Schwanz zu ertragen. Anfangs war ich, wie alle Frauen, fasziniert von diesem Instrument, seiner Sensibilität, seiner Erregbarkeit, der Bandbreite seiner Multifunktionalität, seiner Anpassungsfähigkeit. Doch wie viele meiner Geschlechtsgenossinnen habe ich schnell begriffen, daß man, was auch immer man versuchen mag, schnell eine Niederlage einstecken muß: Der Eigentümer des Instruments ist immer mehr in seinen

Besitz als in seine Partnerin verliebt. Und irgendwann läßt man es halt, bei dieser Sache ist kein Platz für zwei! Warum machen die Kerle ihren Mädels Konkurrenz im eigenen Slip, können Sie mir das erklären, Kommissar?»

«Ach, wissen Sie, wenn ich nicht von Zeit zu Zeit pinkeln gehen müßte, würde ich mich gar nicht mehr daran erinnern, daß ich ein solches Instrument – wie Sie sagen – mein Eigen nenne!»

«Auch nicht beim Aufwachen? Dabei haben Sie mir doch gesagt...»

«Meistens wagt sich angesichts meiner Laune beim Aufwachen selbst die Natur nicht vor. Also, was ist nun mit Korsika und Ihrem Bretonen?»

«Hauptkommissar Lefèvre, da brauchen Sie sich nicht groß umzustellen! Er hat mir gestattet, seinen Namen zu behalten, und im übrigen sind wir nicht geschieden. Er gibt Ihnen alle Informationen, die Sie brauchen.»

Alles, was Momo im Moment brauchte, war, daß man ihn in Ruhe ließ. Als er am späten Nachmittag das Kommissariat verließ, war er völlig erledigt. Das lächelnde Mäuschen mit den automatischen Wäscheklammern hatte ihn mit ihrem Internet genervt, mit ihren polizeidienstlichen, ihren notariellen und katasteramtlichen Netzen, um ihm ihre Streifzüge durch die Immobiliengeschäfte von Abbesses bis hinunter nach Pigalle zu erläutern. Momo hatte das Gefühl, einen Fortbildungskurs beim Sicherheitsdienst zu machen, eine kaum versteckte Aufforderung zum Selbstmord. Ihm war das alles zu clean. Das roch verdächtig nach Vichy, nach Ordnung und Listen.

Er ging im *L'Oracle* vorbei, um ein bißchen die Luft des afrikanischen Kontinents zu atmen. Er verputzte eine *Tajine* mit Backpflaumen und Mandeln. Danach fühlte er sich wie wiedergeboren in der Haut eines arabischen Prinzen, dessen Harem sich schmachtend um ihn herum zu schaffen machte. Einige Frauen führten einen Bauchtanz vor, andere massierten ihm den Rücken und die Füße, während er sich stärkte. Die mit Kümmel, Kardamon und Muskat gewürzten Lammfleischstückchen zergingen auf der Zunge. All diese Genüsse ließen Maurice seine Anspannung vergessen. Endlich wagte sich der Sommer vor. Die eineinhalb Flaschen *Sidi Brahim* bliesen ihm eine Hitzewelle zwischen die Schläfen, wie sie Mitte Juli im Death Valley herrschte, und ließen seine Schauer verdunsten.

Boualem erklärte ihm andächtig seine Auffassung von *Tajine*. Die feinen Streifen eingelegter Zitrone gaben der karamelisierten Sauce eine fast bittere Säure, die durch den süßlichen Geschmack der Zwiebeln gemildert und die pikante Schärfe des Ingwers unterstrichen wurde. Er sagte seine Rezepte her, als würde er ein Gebet murmeln – eine andere Form des Reisens, um den Unannehmlichkeiten der Welt zu entfliehen. Im Gefängnis hatte er Hunderte von Rezepten auswendig gelernt. «Um den Geschmack am Leben nicht zu verlieren!» Die Technik hatte Früchte getragen. Wenn er vom Kochen sprach, war es herrlich, mit ihm zu träumen. Seine Zucchinistreifen, die er mit dem Kartoffelschäler schnitt und zwei Minuten blanchierte, bildeten das Bett für Meerbarbenfilets, die fünfundvierzig Sekunden auf der Hautseite, dreißig auf der Fleischseite gebraten waren. Eine warme Mischung aus schwarzen Oliven, Pinienkernen und verschiedenen Pfeffersorten wurde über diese anrührende Landschaft in Rosa- und Grüntönen gegeben. In dünne Scheiben schneiden, ablöschen, binden, verlängern, einschneiden, Saucen aufschlagen, all das war für diesen Poeten eine größere Freude als jede erotische Eroberung. Die kulinarischen Litaneien vertrieben die Erinnerung an die Massaker aus seinem Gedächtnis, die täglich in seinem Land weitergingen und über die er nie sprach. Der Algerier hatte offenbar auf der anderen Seite des Mittelmeers Schwierigkeiten gehabt.

«Ich dachte, du wärst Englischprofessor an der Uni von Algier gewesen. Aber in Wirklichkeit warst du Koch, nicht wahr?»

«Eine bestimmte Art von Küche, tatsächlich nicht immer gerade leicht verdaulich», bemerkte Boualem, ehe er zu einem anderen Tisch eilte.

Effizient und präzise wie ein Torero wirbelte er zwischen den Tischen herum. Er kam mit einer neuen Gabel quer durch das Restaurant gelaufen, weil ein Gast seine hatte fallen lassen. Selbst wenn er ihm den Rücken zuwandte, wußte er, ob es eine Gabel, ein Messer, ein Löffel gewesen war, an welchem Tisch und sogar an welchem Platz dieses Tischs! Ein wahrer Künstler!

Momo wußte nicht mehr, wie er in die Rue Gabrielle gekommen war. Er hatte einen Aussetzer, genauer gesagt einen Blackout: er erinnerte sich nicht daran, sich zu seinem Bett geschleppt zu haben. Mit dem Hintergrundgeräusch der Preßlufthämmer wurde er wach, weil jemand an die Scheibe seines Schaufensters klopfte; er brauchte einige Zeit zum Aufwachen, denn, wie es schien, begleitete ihn das Klopfen schon seit einigen Alpträumen. Die roten Ziffern des Radioweckers zeigten im Dämmerlicht 8.50 Uhr an. Schlafen, ohne sich daran zu erinnern, ist ermüdender als eine schlaflose Nacht. Momo winkelte die Knie an, richtete sich schließlich unsicher auf, warf die Pyrenäenwolle auf den Rücken des Kamels und fragte sich, ob er sich am Vorabend wirklich selbst ausgezogen hatte, um in sein T-Shirt zu schlüpfen. Von dem gräßlichen Geruch, der aus seinem Mund strömte, geleitet, ging er die Tür öffnen – die Mischung von *Tajine* und *Sidi Brahim* ergab am nächsten Morgen ein wirksames Insektenvertilgungsmittel.

«Habe ich Sie geweckt? Das tut mir leid. Wenn ich gewußt hätte ...»

Die Frau schien groß zu sein, ein klein wenig größer als er selbst. Alt und häßlich. Zwischen fünfundvierzig und fünfzig, ein mageres, leicht zerknittertes Gesicht, ungeschminkt, große, fast runde Augen.

«Worum geht es?»

«Ich bin die Mutter», sagte sie.

Momo starrte sie an, sah, daß sie schwankte. Obwohl er so verwirrt war, wußte er genau, daß er selbst schwankte, während sie aufrecht vor ihm stand. Er runzelte die Stirn, auch wenn ihm bewußt war, daß er dadurch nicht gerade intelligenter aussah. Die Mutter, warum nicht? Er dachte an die primitiven Tonfigurinen, die Frauen mit übermäßig breitem Becken zeigen, Mütter der Menschheit. Diese war nicht aus Ton, sie glich vielmehr einer Vogelscheuche, aber ihre Augen funkelten. Wenn sie einen ansah, kribbelte es wie Limonade auf der Haut, obwohl sie keineswegs anziehend wirkte.

«Manfreds Mutter», fügte sie hinzu.

Mit Befriedigung stellte Momo fest, daß sich ihre Augen beim Lächeln veränderten, der Mund sich aber kaum öffnete. Das war eher eine gute Neuigkeit. In diesem Moment erkannte er trotz seines umnebelten Hirns das Wesen ohne Alter und Geschlecht auf dem Polaroidfoto, das er nach dem Verbrechen in Manfreds Garderobe im *Moulin Rouge* an sich genommen hatte. Manfreds

Mutter! Er hätte sie eher für einen Transvestiten aus dem *Chez Michou* oder *Chez Madame Arthur* gehalten.

«Kommen Sie herein», sagte er und trat hinter die Tür.

In diesem Augenblick wurde ihm plötzlich voller Entsetzen die Situation bewußt. Er sah in Großaufnahme die Krampfader an seiner linken Wade und die Pyrenäenwolle, die über seinem Mikrofon mit den beiden streikenden Chorknaben hing. Und weiter oben ein Adamsapfel, an dem schon lange niemand mehr knabberte, eingebettet in graue Bartstoppeln, und der Geruch von halbverdauter *Tajine*, der ihm in den Zähnen hing. Was für ein Idiot! Er hörte, wie sich die alte, häßliche Frau leicht räusperte und schüchtern vorschlug:

«Wenn Sie wollen, kann ich einen Kaffee machen, ich habe Croissants dabei.»

Die roten Ziffern seines Radioweckers wiesen Momo darauf hin, daß Manfreds Mutter bereits seit einer Stunde da war, und er hatte nicht gemerkt, wie die Zeit verging. Trotz der zwei Liter Kaffee, die er in sich hineingeschüttet hatte, fühlte er sich wie zerschlagen, mit seinem morgendlichen Kater, dem Atem einer Hyäne und seinem strubbeligen Haar. Er mußte deutlich älter aussehen als sie. Diese Frau konnte er nicht mit der jungen, hübschen Elsa vergleichen, aber mit sich selbst, dem Typ mit grünlichem Teint, Hängebauch und Krampfadern an den Waden.

Er schenkte ihr Kaffee nach. Er hätte es gern gehabt, wenn sie geblieben wäre, ihre Anwesenheit tat ihm gut. Er mochte ihr Lachen, bei dem die Traurigkeit nicht aus ihrem Gesicht wich, das aber ihre Augen strahlen ließ. Diese Frau war erholsam für ihn. Beinahe hätte er sogar wieder Mut gefaßt. Sie versuchte nicht, ihn fertig oder lächerlich zu machen. Das ließ ein wenig hoffen, was die Menschlichkeit der Menschen betraf. Bestimmt hatten das Alter und die Tatsache, daß die Natur sie eher stiefmütterlich behandelt hatte, die Mutter des Tänzers dazu gezwungen, weise zu werden. Außerdem war sie gar nicht mehr so häßlich, wenn sie redete. Mit ihren Händen und den geschmeidigen Handgelenken zeichnete sie anmutige Bilder in die Luft. Möglicherweise hing es auch mit ihrem Beruf zusammen: Sie war Glasbläserin! Ebenso wie Elsa und Manfred war auch sie ein schöpferischer Mensch. Die Bewunderung, die Maurice für Künstler empfand, verwies ihn seit jeher auf den Rang des Traurigen und Unfähigen. Besonders gern erinnerte er sich an den Besuch in einer Glasbläserei mit seinen Eltern während eines Campingurlaubs in der Auvergne. Es herrschte eine Hitze wie auf einem Vulkan, ein Licht wie bei einer Feuersbrunst und am Ende der Bläserpfeife hing der Tropfen, der langsam wuchs. Mit offenem Mund hatte er den Männern zugesehen, wie sie die Schmelze aus dem Ofen holten, zähmten und aufblähten. Das Spiel mit Luft und Feuer erschien ihm damals wie etwas Göttliches und eine dumpfe Traurigkeit hatte ihn ergriffen. Er war acht Jahre alt und wußte schon, daß seine Hände niemals etwas wirklich Schönes erschaffen würden und sein Geist in diesem undurchdringlichen Dämmerzustand verharren würde, der typisch für die ewigen Zuschauer ist.

«Mein Sohn wurde zufällig getötet, es war ein Irrtum, er war zur falschen Zeit am falschen Ort.»

Sie hatte eine dunkle, ein wenig rauhe Stimme, Momo fühlte sich gut aufgehoben. Er brauchte ihr keine Fragen zu stellen, sie erzählte von Manfred ohne zu weinen, als wäre er noch am Leben. Trotzdem war sie keineswegs verrückt, vielleicht nur ein bißchen schwärmerisch. Da er völlig illusionslos war, glich sich das aus!

«Kann es sein, daß er irgendwann einmal ein störender Zeuge gewesen ist?»

«Das hätte ich gewußt!»

Sie sprach mit sanfter Stimme, ohne sich aufzuregen, sogar ohne Nachdruck, aber mit Kraft und Überzeugung.

«Hat er Ihnen alles gesagt?»

«Ich bin keine Übermutter, wenn Sie das meinen. Manfred hat sich mehr um mich gekümmert als ich mich um ihn. Sein Vater und ich haben uns scheiden lassen, als er acht Jahre alt war. Er wollte ihn bei sich behalten. Ich war einverstanden. In Amiens, wo sein Vater Universitätsprofessor war, hatte Manfred ein leichteres Leben, mehr Menschen um sich. In der Picardie sind die Winter lang und die Heizung in meiner Werkstatt funktioniert nicht besonders gut. Ich habe Manfred regelmäßig gesehen. Sein Vater hat ihm eine gute Ausbildung in Musik und Tanz ermöglicht. Er ist ein hervorragender Biologe.»

Angesichts dieser Lobeshymne auf den Vater, hätte Momo sie fast gefragt, warum sie sich überhaupt hatten scheiden lassen. Seit sechs Jahren lebte ihr Ex-Mann in Neukaledonien.

«Manfred hat in bedeutenden zeitgenössischen Kompanien gearbeitet. Er kam nach Frankreich zurück, als ich krank wurde. Er hat verschiedene Verträge gelöst und beschlossen, in der Revue zu arbeiten, weil er genau nebenan wohnte, und die Wohnung herrichten wollte, das war praktisch. Außerdem machte ihm diese Erfahrung Spaß.»

«Und die Liebe?»

«Manfred liebte einen Amerikaner, den er in New York kennengelernt hatte.» Maurice empfand ein flüchtiges Gefühl der Dankbarkeit gegenüber der neuen Praktikantin, die ihn darüber informiert hatte. So konnte er der Geschichte besser folgen.

«Philip Leigh?»

«Ja, Manfred hat die Liebe erlebt. Und nur das zählt. Wenn Sie geliebt haben, ist der Tod weniger schrecklich.»

Maurice zog es das Herz zusammen. Wieder sah er den Spruch, der eingerahmt über der Küchenanrichte in dem kleinen Häuschen seines Vaters im Mâcon hing. «Die Liebe ist stärker als der Tod.» Zum zweiten Mal sprach die Glasbläserin von der Liebe als Gegenmittel zum Tod. Wie kam sie nur auf solche Gedanken? Glaubte sie wirklich daran?

Er setzte erneut Kaffee auf. Sie hatte ihren Regenmantel ausgezogen – darunter trug sie Jeans und einen schwarzen Pullover – und sich auf die Armlehne eines Sessels gesetzt. Als er sah, daß sie kerzengerade saß, richtete auch er sich auf und zog seinen Bademantel zurecht. Er mußte ihr leid tun. Er zündete sich ein Zigarillo an und versuchte, den Faden wieder aufzunehmen.

«Dieser Amerikaner hat ihm geholfen, nicht wahr?»

Momo hörte sich selbst die Worte «helfen – lieben» in einem Atemzug sagen, er hatte nie daran gedacht. Normalerweise traf er eher Leute, die um Hilfe riefen, aber keine Antwort bekamen.

«Die Wohnung in der Rue Lepic gehörte Manfred, aber sie war auch Philips Absteigequartier, wenn er in Paris war. Philip hat den Kaufpreis und die Renovierungsarbeiten bezahlt. Das war keine große Sache für ihn. Für den Erben eines der Hauptaktionäre eines internationalen Pharmakonzerns spielt Geld keine Rolle. Er hat im Monat mehr Geld zur Verfügung, als Sie oder ich in mehreren Jahren verdienen können.»

«Ich wünsche Ihnen, daß Ihre Einkünfte höher sind als meine», wagte Momo einzuwerfen.

«Ich fürchte, Sie würden einen Tausch unserer Bankkonten bitter bereuen, Kommissar! Manfred hat trotz allem viel gearbeitet, er war Model und machte Fotos für eine Prêt-à-porter-Marke, aber das reichte nicht, um mir zu helfen.»

«Ihr Sohn hat Ihnen Unterhalt gezahlt?»

«Ich hatte Lymphdrüsenkrebs und konnte zwei Jahre lang nicht arbeiten. Manfred hat die Behandlung bezahlt, die Reha-Klinik, die Krankengymnastik, die Sanatorien, alles, bis auf den letzten Pfennig. Philip hat Manfred ein wertvolles Bild geschenkt, damit er von dem Verkaufserlös alles bezahlen konnte. Wahrscheinlich war das meine Rettung. Manfreds Vater hat davon nie etwas erfahren.»

«Warum nicht? Er ist doch ein so wunderbarer Mann!»

«Er hat dort drüben ein neues Leben begonnen, hat noch zwei Kinder bekommen, ich wollte ihm das ersparen.»

Einen Augenblick lang beneidete Momo sie darum, soviel erlebt zu haben, während ihm selbst nie etwas wirklich Bedeutendes passiert war. Selbst Manfred hatte trotz seines jungen Alters schon weit mehr vom Leben gehabt. Seine Mutter tröstete das in ihrem Kummer: Ihr Sohn hatte gelebt. Der Tanz, die Liebe und die Verantwortung für eine Mutter. Und Momo kümmerte sich noch nicht einmal um seine Mutter, er benahm sich wirklich wie ein Schwein! Er zündete sich ein Zigarillo an. Tiere hatten für Tabak nichts übrig, so blieb ihm damit zumindest noch etwas Menschliches.

«Warum hat sich dieser Philip bei Manfreds Tod nicht gemeldet?»

«Er weiß nichts davon. Manfred und er haben sich seit sechs Monaten nicht mehr gesehen. Eine Trennung aus Vernunftgründen. Philip muß kommenden Sommer heiraten ...»

«Dann ist es wohl mehr eine Ehe aus Vernunftgründen?»

«Natürlich. Aber Manfred hat das verstanden und akzeptiert. Sie wollten sich später regelmäßig in Paris oder New York treffen. Bis dahin hatten sie sich geschworen, nicht miteinander zu sprechen. Philip ruft mich von Zeit zu Zeit aus Los Angeles an, um das Neueste zu erfahren. Wir verstehen uns gut. In der Zeit, als Manfred und er in New York gelebt haben, haben sie im Sommer einige Wochen in meiner Werkstatt in der Picardie verbracht. Ich habe Philip das Glasblasen beigebracht. Es hat ihm sehr große Freude bereitet.»

«Und Sie haben ihn nicht angerufen?»

«Er wird anrufen. Ich denke, er wird sich nach seiner Hochzeitsreise melden.»

Momo goß sich noch etwas Kaffee ein, diese Frau war gerade dabei, alle Geheimnisse um den Tänzer zu erklären: Schöne Wohnung, Schwarzgeld. War es doch der korsische Engel, der getötet werden sollte? Das gefiel ihm ganz und gar nicht. Er wollte diesem Mädchen seinen Frieden lassen und keine Leichenfledderei betreiben, verdammt!

Er stand auf und streckte sich. Das Denken fiel ihm schwer. Jedenfalls war das, was die Glasbläserin erzählte, nicht gerade überzeugend. Es erweckte den Eindruck eines Lebens in der High Society und paßte nicht zu ihr, zu ihren roten Haaren, die sich um ihr ungeschminktes Gesicht kräuselten, zu ihrer schlecht geheizten Glasbläserwerkstatt, zu seiner eigenen Ladenwohnung, in der es feucht und unordentlich war. Hinter einer Leiche stöbert man immer Dreck auf, als würde ein

Lebewesen nur dazu da sein, Dreck aufzunehmen, der aufwirbelte, sobald das Herz aufhört zu schlagen. Er gab einen Schuß Calvados in seinen Kaffee, um das Bild von Elsa und dem Tänzer, die aneinandergeklammert in ihrem eigenen Blut schwammen, aus seinem Kopf zu vertreiben.

«Hat er Ihnen von der kleinen Näherin erzählt, die mit ihm getötet wurde?»

«Nein. Er wurde von vielen Frauen umschwärmt, denn er war einfach wunderbar, dieser dunkle Einschlag, diese feurigen Augen, die er von seinem Vater, einem gebürtigen Pakistani, hatte.»

Momo hätte sie fast gefragt, wie sie von ihrer eisigen Werkstatt in der Picardie aus an einen Pakistani aus Kaledonien und einen Amerikaner aus New York und Kalifornien kam. Wenn man ihr zuhörte, hatte man den Eindruck, die ganze Welt sei ein Dorf, und dieser Gedanke schockierte ihn. Denn ihm kam es schon so vor, als würde er das Meer überqueren, wenn er nur über den Boulevard hinaus ging und ins neunte Arrondissement kam. Diese Frau war ganz sicher nicht aus demselben Holz wie er!

Apropos Ozeanüberquerung, er durfte nicht vergessen, daß er ja nach Bastia flog. Sein Flugzeug ging um 15 Uhr vom Flughafen Orly ab. Er mußte wenigstens noch duschen und bei dem Mäuschen vorbeigehen, um ihr das zu diktieren, was ihm die Glasbläserin ins Ohr gehaucht hatte.

«Wie dem auch sei, Manfred hatte keine Affäre mit diesem Mädchen. Er war Philip treu. Seit ihrer Trennung lebte er enthaltsam, ich weiß das, denn wir haben oft darüber gesprochen. Ich war der Meinung, daß es falsch sei.»

«Falsch?»

«Sagen wir mal, es entspricht nicht meiner Auffassung von Liebe.»

Momo konnte nicht verhindern, daß ihm ein Schauer über den Rücken lief. Sie hatte bereits zu ihm gesagt, «das ist nicht meine Auffassung vom Tod», als es um die Trauer ging. Momo dachte, daß sie zuviel redete. Sie wollte ihn davon überzeugen, daß ihr Sohn einfach perfekt gewesen war. Doch Momo wurde dafür bezahlt, wenn auch ziemlich schlecht, zu wissen, daß es so etwas nicht gab!

«Gefühle und Prinzipien lassen sich schlecht miteinander vereinbaren», fuhr sie fort.

«Wenn er aus Liebe treu war, dann nicht aus Prinzip.»

Sie lächelte ihn an und da sagte sich Momo, daß sie verrückt war.

«Das ist wortwörtlich das, was Manfred mir stets antwortet.»

Momo zuckte zusammen wegen des Indikativ Präsens, das behagte ihm gar nicht. Was war denn eigentlich ihr Konzept vom Tod? Eine Leiche paßt in kein Konzept, sie wird entweder zu Asche, oder sie verwest, viel mehr Möglichkeiten gibt es da nicht. Schon zu Beginn hatte sie zu ihm gesagt, «ich habe geweint, doch dann habe ich mich beruhigt, schließlich habe ich noch einen Grund zu leben: solange ich an ihn denke, lebt er weiter».

Momo hatte langsam die Nase voll von den philosophischen Ausführungen der Mutter, wie war noch ihr Name, Anna, richtig, das hatte er in dem Bericht gelesen. Anna Michel. Er stand auf, versuchte, sich gerade hinzustellen und hörte sein Kreuz knacken. Er fühlte sich gebrochen, durch die untere Hälfte des Rückens verlief ein tiefer Riß.

«Sie vernachlässigen sich selbst, Sie bräuchten eine Massage!»

Momo versuchte, sich wieder aufzurichten, aber der Schmerz ließ nicht nach, los, raus mit dem Knick aus dem japanischen Origami!

«Soll ich Ihnen helfen?»

«Nein danke!»

Momo hob die Arme, das brachte etwas Erleichterung. Anna ließ ihn nicht aus den Augen, die immer noch groß, rund und so grün waren, wie eine Minzlimonade.

«Sie machen das falsch. Irgendwann, wenn Sie etwas Zeit haben, massiere ich Sie, ich habe sehr geschickte Hände.»

Momo fand sie langsam etwas aufdringlich, diese Schwärmerin. Er bog sein Kreuz durch. In dem Getriebe fanden Ketten und Zähne vorübergehend wieder zusammen, die Maschine war verdammt eingerostet. Er pumpte Luft in seine Lungen und mußte husten – den rauhen Husten eines Zigarillorauchers, der gerade durch ein Feld voller Kippen gelaufen ist, ein schleimiger, gurgelnder Husten, einfach ekelhaft! Anna Michel wartete, bis es vorbei war, und betrachtete währenddessen das Plakat von *Pierrot le fou.* Als er endlich seinen Schleim ausgespuckt hatte, waren Annas Augen immer noch auf das harte Blau gerichtet, mit dem Belmondos Gesicht beschmiert war.

«Mögen Sie den Film?» fragte sie.

«Es ist ein Traum, den ich hätte träumen können.»

«Und für mich einer der wenigen Filme, die ich mir gerne angesehen habe. Ich hasse Kino, es macht mich krank. Das einzige, was ich mir ansehen kann, sind Liebesgeschichten, wie *Pierrot le fou* oder *Die Verachtung…* Andere Filme machen mir Angst.»

Momo fand ihre Bemerkung übertrieben. Um eine echte Kinophobie zu haben, mußte man schon mehr als verdreht sein.

«Ich habe meine Kindheit in einem abgelegenen Dorf in der Picardie verbracht. Mein Vater war Straßenwärter und meine Mutter war behindert, sie hatte vor dem Krieg Kinderlähmung gehabt. Ich habe meinem Vater das Schreiben und die Grammatik beigebracht. Wir hatten keinen Fernseher, nichts! Vielleicht kann ich das Kino deswegen nicht leiden. Ich habe Angst vor Bildern. Der erste Film, den ich im Kinoclub des Gymnasiums gesehen habe, war ein Alptraum. *Kalter Schweiß* von Hitchcock! Nach einer Viertelstunde habe ich das Kino verlassen.»

Momo hielt es nicht mehr aus. Diese Glasbläserin kam ja geradewegs aus dem Mittelalter. Der Zauber war dahin, er fand sie überhaupt nicht mehr erholsam! Er beugte sich vor, um ein paar schmutzige Socken einzusammeln, die auf dem Boden lagen, und plötzlich bemerkte er entsetzt, daß sich sein Bademantel aus Pyrenäenwolle geöffnet hatte. Der Gürtel hing ihm auf die Schenkel. Der Pimmel und seine beiden Kügelchen baumelten unter dem Bauch des Kamels. Er sah, wie die Glasbläserin das traurige Schauspiel mit einem flüchtigen Blick streifte und ihre Augen dann verschämt abwandte. Momo schloß seinen Bademantel wieder und dachte dabei an Belmondo, wie er am Ende von *Pierrot le fou* versucht, die Dynamitzündschnur, die zu seinen Füßen brennt, auszutreten. Eines war sicher, in diesem Augenblick wäre er lieber mit dem Dynamit in die

Luft geflogen, als die Zündschnur auszutreten, denn es war besser, bei einer Explosion zu sterben als vor Scham.

Jean-Paul Lefèvre, der Ex-Mann von Hauptkommissarin Aline Lefèvre, leerte die Flasche korsischen Patrimonio-Wein in das Glas von Maurice.

«Den gleichen noch mal, Toni!»

Die Bar *Athena* mit ihrer Terrasse und ihren Trunkenbolden war eine der bekanntesten an der Place Saint-Nicolas in Bastia. Das Sägemehl auf den Terrakottafliesen diente als Spucknapf und Aschenbecher. Eintausendzweihundert Kilometer von Montmartre entfernt mit einem anderen Hauptkommissar Lefèvre beisammenzusitzen, war für Maurice irgendwie merkwürdig. Gleich als er ihn am Flughafen abholte, hatte ihm der korsische Bretone erklärt: «Ihr lag daran, meinen Namen zu behalten, sie kann sagen, was sie will, aber das ist trotzdem nicht unwichtig!»

«Die Suppinis waren schon immer verflucht. In jeder Generation gab es einen ‹ungeklärten› Todesfall durch Gewalteinwirkung. Aber wissen Sie, hier erklärt man nicht, hier regt man sich gleich auf...»

Hauptkommissar Lefèvre-Mann war ganz offensichtlich immer korsischer geworden, hatte sich sogar für den Akzent von Bastia erwärmt, das lag sicherlich auch mit am örtlichen Fusel.

«In den Fünfzigern traf der Großvater eines Morgens

auf einem Bürgersteig in Neuilly auf eine Kugel und hatte nicht mal Zeit, ihr guten Tag zu sagen!»

«Eine Abrechnung?»

«Hier hat man erst vor kurzem den Taschenrechner und den Computer entdeckt. Da ist man immer eine Rechnung schuldig.»

Lefèvre brach in schallendes Gelächter aus. Der übermäßige Genuß des Weins verlieh ihm den übelriechenden Atem eines alten Hundes, und sein Lachen machte einen Lärm wie eine Dampflokomotive, die sich in Bewegung setzt.

«In der darauffolgenden Generation war in der Familie Suppini der Vater dran. Er ‹verschwand›, genauer gesagt, er ‹löste sich› Anfang der achtziger Jahre ‹einfach in Luft auf›. Seine Frau sagt, er sei eines Morgens weggegangen, und sie habe ihn niemals wiedergesehen. Aber nicht etwa, um Zigaretten zu holen, er rauchte nicht! Man weiß nicht, ob er tot ist oder sich am anderen Ende der Welt oder bloß in Nizza, Marseille oder Neapel niedergelassen hat. Mysteriöse Geschichte! Zwanzig Jahre später nun seine Tochter! Das ist der böse Blick. Prost!»

Momo stieß noch einmal mit ihm an, der Wein war dickflüssig wie ein Aperitif für Frauen. Lefèvre-Mann war trinkfest, er mußte es also sachte angehen! «Der Wein für den Körper, das Lachen fürs Gemüt.» Dieser Spruch war speziell für ihn erfunden worden. Die Fünfzig schon längst überschritten, ein bißchen schmierig, verkörperte er die Art von häßlicher Schönheit, die Frauen lieben, Kategorie Gainsbourg oder Tom Waits. Momo hätte bereitwillig zehn Jahre mehr in Kauf genommen, um dieses Gesicht eines reifen Fünfzigers zu haben.

«Wollen Sie damit sagen, daß Elsas Tod möglicherweise die Begleichung einer alten Rechnung war?»

«Niemals im Leben, das habe ich nicht gesagt!»

«Nun, aber der böse Blick ...»

«... sie hatte halt Pech, Punkt. Sie werden bei den Abrechnungen der Korsen niemals eine Frau als Opfer finden. Hier gibt es sehr strikte Regeln.»

«Ich nehme nicht an, daß man den Großvater aus purer Höflichkeit mit einer Kugel konfrontiert hat.»

«Ach, der Alte hatte Kohle, ihm gehörte mehr als die Hälfte der Werkstätten in der Ostebene. Und nach dem Krieg befand man sich hier noch im Mittelalter. Die Geschäftsleute fungierten als Bankiers, sie liehen Geld, übernahmen Bürgschaften usw. Für einen entfernten Cousin, einen Nachbarn. Man besiegelte alles mit einem Handschlag, auf Ehrenwort, in aller Freundschaft: ‹Wenn du für mich bürgst, gebe ich dir die Wiese am Orangenhain oder die Schäferei meines Onkels!› Das System brachte zwangsläufig ein paar Unwägbarkeiten mit sich. Ein Schicksalsschlag oder ein Todesfall, und der Vertrag wurde nicht eingehalten, so konnte dann eines Morgens eine Kugel jemanden auf dem Bürgersteig treffen, Geldgeber oder Kreditnehmer, je nachdem! Falsche Auslegung des Tauschgeschäfts.»

«Einfach unterschiedliche Auffassungen?»

«Genau! Solche Geschichten laufen hier sehr subtil ab! Man muß zwischen den Zeilen lesen können. Wenn zum Beispiel ein hohes Tier zu spät zur Beerdigung eines abgeknallten Typen kommt, sagt das sehr viel aus: Er verachtet den Toten, er ist entzückt, ihn im Jenseits zu wissen, und hat auch mit der Ermordung etwas zu tun. Aber stecken Sie mal jemanden in den Knast, nur weil er zu spät zur Messe erscheint!»

Lefèvre-Mann leerte die zweite Flasche Patrimonio. Momo spürte die Begrenzungen seines Schädels schon nicht mehr, und er wußte auch nicht mehr, wo er war. Das düstere Bistro, in dem es wie in jeder anderen alten Kneipe in irgendeinem Winkel Europas stank, mit den Fußballpokalen und den kopfüber hängenden Flaschen, hatte so gar nichts Korsisches.

«Es ist nett hier», nuschelte er und zündete sich ein Zigarillo an.

«Das Bistro ist aus Prinzip verdreckt, nicht etwa zufällig!» erklärte Lefèvre-Mann voller Stolz, als ob das wichtig wäre. «Der Wirt legt großen Wert darauf! Man muß ja nicht übertreiben, man ist schließlich nicht in einem Krankenhaus! Striktes Verbot zu kehren!»

Plötzlich sah Momo Elsas Gesicht wieder ganz klar vor sich, ihre Jugend, ihr Lächeln, ihre Entschlossenheit. Bastia ließ ihn die kleine ehrgeizige und jungfräuliche Näherin besser verstehen. Er begriff nun den Kommentar des Bildhauers aus der Rue Burcq besser: «Sie hatte für ihr Alter schon viel erlebt».

«Die Frauen mischen sich nie in die korsischen Angelegenheiten?»

«Natürlich tun sie das! Sie drängen, entscheiden, beruhigen oder schütten Öl ins Feuer, manchmal gehen sie sogar einem Kampf nicht aus dem Weg.»

«Da haben wir's doch, oder?»

«Ihr Mädchen war in keinen Kampf verwickelt.»

Momo erinnerte sich, daß Elsa während des Streiks im *Moulin Rouge* nicht gezögert hatte, an vorderster Front zu kämpfen.

«Dabei hatte sie das Zeug zu einer Heldin!»

«Sie hat es Ihnen aber ganz schön angetan, Kommissar!»

«Und die Mutter, was sagt die zum Verschwinden ihres Mannes? Denn es war doch ihr Mann, der Vater der Kleinen, der verschwunden ist, oder?»

«Sie sagt nichts, sie kreuzt die Finger, sie spricht vom bösen Blick.»

«Und Sie?»

«Man munkelt, daß Vater Suppini in die Reihen der Mafia eingestiegen sein soll. Es kommt vor, daß die Korsen sich einen Klappsitz bei den italienischen Paten erobern, einmal alle zwanzig Jahre, heißt es!»

«Im Klartext?»

«Die Korsen und die Mafia haben sich stets Gefälligkeiten erwiesen, auch wenn die Korsen niemals wirklich zu den großen Tieren gehört haben. Aber die Mafia interessiert sich für Korsika. Und das zu recht! Es ist die am wenigsten bevölkerte, am wenigsten entwickelte und ursprünglichste Region im ganzen Mittelmeerraum. Das Chaos, das hier herrscht, erlaubt es jedem x-beliebigen, der es drauf anlegt und genug Muskeln hat, sich zu behaupten, da der Staat seine Zeit damit vertut, herauszufinden, wo sich das Visier seines Helms befindet. Also der ideale Ort, um Geld zu waschen, und die Mafiosi brauchen Strohmänner, und das ist ein lukratives Geschäft für Korsen. Aber auch hier ist es das Gleiche: wenn du dich eines Tages entschließt, dein Stroh teurer zu verkaufen, als es gut ist, bleibt dir nicht unbedingt genug Zeit, um der Kugel guten Tag zu sagen. Doch das sind alles nur Gerüchte, höchstens ein Raunen... die Mafia heißt hier *Meeresbrise*, man hört sie kaum, man sieht sie nicht, doch von Zeit zu Zeit entfesselt sie einen höllischen Sturm!»

«Ich stelle es mir schwer vor, in diesem ganzen Durcheinander Geld zu verdienen.»

«Korsika ist ein Paradies, das der Elite vorbehalten ist. Der europäische Hochadel und die Crème de la Crème des Showbiz haben hier ihre Villen, Paläste und Yachten. Minister, Fernsehstars, Top-Models, kurz, alle, die geeignet wären, auf das Cover von *Paris-Match* zu kommen! Für ihre traumhaften Grundstücke mit Privatstrand zahlen sie sehr, sehr viel Grundsteuer. Eine richtige Revolutionssteuer! Letztlich kommt es vielen Leuten sehr gelegen, daß Korsika wegen der Attentate nicht zur Costa Brava wird!»

«Kurz, wenn ich Sie recht verstehe, kann das Mädchen nicht das Opfer irgendeiner alten Geschichte sein, die sich hier vor Jahrzehnten um die Kohle ihres Großvaters abgespielt hat. Mir soll's recht sein, aber ich brauche dringend Argumente für meine Chefin, Sie kennen sie besser als ich, sie wird sich nicht so leicht überzeugen lassen. Was ich ihr berichte, muß Hand und Fuß haben!»

«Hier hat nichts Hand und Fuß. Wir befinden uns im antiken Griechenland. Sie haben hier zwar nicht die gleiche Philosophie wie zu Zeiten des Sokrates, aber es ist doch mit dem Athen vor Rom und Jesus Christus vergleichbar: Tragödie, Bruderzwiste, entsetzliche Rachen, Frauen mit Gesichtern, die aus altem Holz geschnitzt zu sein scheinen, beweinen ihre Kinder. Götter für jede Lebenslage, Sonne, kristallklares Wasser, Olivenbäume, Ziegenkäse und Mutterschafe. Es ist kaum zu glauben! Der Wirt dieser Kaschemme, in der wir uns gerade betrinken, organisiert, auch wenn er nicht so aussieht, philosophische Gespräche und Schachturniere, dabei ist er beileibe kein Intellektueller! Einer der Fischhändler vom Markt schreibt weise Botschaften auf sein Schaufenster, aber keine marktschreierische Reklame in der Art von ‹Kämpft gegen die Prostitution, eßt mehr Makrelen›*. Nein, philosophische Sprüche. Neben den Preisen für Barben hängt ein Sartre-Zitat: ‹Es braucht eine doppelte Sonne, um die Abgründe der menschlichen Dummheit zu erhellen›. Und während er Merlane ausnimmt oder Seezungen filetiert, schnauzt er die Leute an, die das nicht lesen. Du denkst, jeden Moment kommt Plato hinter einem Orangenbaum hervor oder Homers Statue nickt mit dem Kopf, während sie das Meer betrachtet.»

Momo dachte an Godard, wahrscheinlich, wegen des Meers, wegen Griechenland oder der Statue von Homer. *Die Verachtung*. Und es war nur ein Schritt von *Die Verachtung* zu *Pierrot le fou*, Annas Film, der Film der häßlichen Alten. Sein absoluter Lieblingsfilm. Ihre erste Gemeinsamkeit. Er würde sie wiedersehen, hatte er sich im Flugzeug gesagt. Aber würde er sich trauen? Der rote Patrimonio stieg ihm zu Kopf. Korsika war nicht so, wie er es sich vorgestellt hatte. Zwei Anschläge hatte es letzte Nacht gegeben. Einen in Ajaccio auf das Wirtschaftsförderungsbüro Korsikas, den anderen auf das Fremdenverkehrsamt in Porto Vecchio. Für Momo war die Heimat Napoleons genau das: Bomben, Querulanten, ein Irland, das sich im Meer geirrt hatte, mit einer Baskenmütze unter dem Arm. Momo hatte erwartet, in einer von Bomben verwüsteten Gegend zu landen, in der sich Passanten, die vor Angst zitterten, an den Mauern entlangdrückten, es kaum wagten, einen Blick auf das blutrote Meer und die von Bränden verheerte Macchia zu werfen. Aber sie waren über ein friedliches Postkartenidyll geflogen, das aufgrund eines durch nichts zu er-

* Makrele heißt im Frz. auch Zuhälter.

schütternden Hochdruckgebiets auf einen allzu blauen See gepinnt war. Ein Meer von der Farbe eines Schaumbads, auf das tiefgrüne Bäume zuglitten. Das Land mit einem Scheinwerfer fotografiert und am Computer retuschiert! Nichts zu machen, die Wirklichkeit ist ein schlechtes Drehbuch, ohne *action* oder unvorhersehbare Ereignisse.

Als die zweite Flasche Patrimonio zur Neige ging, wollte Maurice in sein Hotel zurück. Es war 11.30 Uhr, vor dem Mittagessen war dringend eine Siesta geboten, er hatte sich schon dem südlichen Rhythmus angepaßt. Jean-Paul Lefèvre nahm ihn in seinem Auto mit.

«Ich lasse Sie nachdenken und einen Blick in die Akte werfen. Zusätzlich zum üblichen Chaos sind wir nämlich einer heißen Sache auf der Spur: dem Schmuggel von Pornovideos zwischen Bastia und Italien. Seit Monaten beobachten wir das Ganze, und jeden Moment müßte uns der Fisch ins Netz gehen.»

Maurice kümmerten die Sorgen des Hauptkommissars einen Dreck! Angesichts des grellen Lichts, das die halb verfallenen, aber dennoch überwältigenden italienischen Häuser überstrahlte, hielt er die Augenlider halb geschlossen. Ein brutales, tödliches Licht, das die Augen, die Macchia versengte und das Meer zu einer Fläche geschmolzenen Metalls machte. Im Herzen des Mittelmeerraums war die Sonne nicht Sinnbild für Leben und Sanftheit, hier war sie das schwarze Auge des Todes. Maurice schwieg fasziniert von diesem himmlischen Feuer, Lefèvre-Mann nutzte sein Schweigen, um sich voller Inbrunst über seine Zeit mit Lefèvre-Frau auszulassen:

«Wenn man von einem solchen Weib sitzengelassen wird, muß man warten können. Sich bloß nicht gleich auf alles stürzen, was einen BH trägt! Man hat nur Ärger mit all den Katzen, die sich um den Milchnapf drängen. Sie wollen nur die, die Sie im Stich gelassen hat, da kann man nichts machen. Die unzähligen anderen machen einem mit ihren gähnend langweiligen Liebkosungen nur klar, daß Sie zu ihr zurück wollen. Daß ich nicht lache! Aline ist nicht der Typ Frau, der man hinterherläuft. Wenn Sie sie anflehen, löst sie Ihnen das Fleisch von den Knochen und Sie kommen als netter Rollbraten in die Kühltruhen der Supermärkte. Also hab ich mir gesagt, Junge, beruhig dich und schnall den Gürtel enger, das ist der einzige Gegenstand, mit dem du sie vielleicht erwürgen kannst.»

«Und, hat es funktioniert?»

«Bei Autos, die nur rumstehen, ist schnell die Batterie leer, mein Lieber! Wenn Sie aufhören, Ihrer Libido Druck zu machen, läßt sie Ihre Eier hängen!»

«Für solches Wissen werde ich leider nicht bezahlt, sonst müßte ich Vermögenssteuer zahlen.»

«Ach! Sie auch! Sie sind wohl an eine harte Nuß geraten!»

«Bei mir liegt es wohl eher daran, daß ich kein Glück habe, und dann fehlt es mir am nötigen Elan. Kein Höhenflug, kein Absturz!»

«Meine Generation hat natürlich den Luxus der siebziger Jahre genossen, wir wußten immer, wo es was zu holen gab. Nicht schwer zu erraten, daß wir unseren Schwanz den Kätzchen gern zum Spielen gegeben haben.»

Das Gesicht des gequälten Mittfünfzigers mit den vom Tabak verfärbten Zähnen, den wäßrigen Augen begann zu lachen.

«Wenn ich daran denke, daß man eigentlich endlich

aufhören könnte, sich den Unterleib zu zermartern, aber da kommen die mit ihrem Scheiß Viagra daher, dumm gelaufen!»

Momo holte sein Gepäck aus dem Kofferraum, er war erschöpft.

«Ich komme Sie in einer Stunde abholen, wir werden einen Happen essen, danach setze ich Sie bei der Mutter der Kleinen ab, sie erwartet Sie um 15 Uhr. Dabei fällt mir zu Ihrer Erbauung ein, wissen Sie, was Tragödie im Altgriechischen bedeutet?»

«Ich habe ja nicht mal Latein gehabt, von Griechisch ganz zu schweigen!»

«*Trag-oedia*, Tragödie bedeutet: ‹Bocksgesang›.»

Maurice Laice fragte sich, ob der falsche Korse ihn damit meinte. Er war noch nie in Griechenland gewesen, kannte keine der Tragödien von Sophokles oder Euripides, doch in der Tat fühlte er sich wie ein alter Bock, und er sang entsetzlich falsch!

In seinem Zimmer legte er sich vollkommen angezogen auf die geblümte Bettdecke und blätterte in der Akte, die ihm Lefèvre ausgehändigt hatte. Ein dickes Bündel Notizen, Berichte, über das Verschwinden des Großvaters, des Vaters, über ihre Verbindungen zu mehr oder weniger offiziellen Mitgliedern der Nationalen Korsischen Befreiungsfront FLNC. Warum waren dafür Bäume gefällt worden! Was konnte er damit anfangen, außer Lefèvre-Frau diese Kilos von Papier zum Beißen zu geben? *Meeresbrise*, die Autonomiebewegung *Mouvement pour l'Autodétermination*, *a cuncolta*, hinter der sich der politische Arm des FLNC verbirgt, die Separatistenbewegung FLNC-*canal historique*... All das fuhr zusammen mit dem Patrimonio ohne Rücksicht auf die künstlerische Note in seinem Kopf Schlittschuh, wirbelte viel zu schnell umher, und Momo hatte wirklich kein Rhythmusgefühl. Er dachte an Anna, Manfreds alte und häßliche Mutter. Ihre Figur hatte die Form einer Birne, mit sehr schmalen Schultern und einem Becken wie präkolumbianische Statuen. Er hatte am Ende vergessen, daß sie alt und häßlich war: ihre Augen nahmen sehr viel Raum ein. Er konnte sie sich nicht in ihrem Atelier in der Nähe von Beauvais vorstellen. Glasbläserin? Wie machte sie das, mit so kleinen Schultern? Sie war krank gewesen, ihr Sohn war ermordet worden, und sie brach nicht zusammen. Nein. Sie weinte nicht einmal. Sie sprach leise, blickte geradeaus. Jetzt wußte Momo, warum sie so große Augen hatte. Man muß sich dem Tod ein für allemal nähern, um klar zu sehen, und aufhören, die Welt nur im Lichtstrahl einer Taschenlampe zu sehen.

Im Schein dieses Puppenlichts erkannte Momo das Gesicht seiner Mutter. Er rief sie sofort an. Konzentrierte sich. Er mußte stark sein, aufmunternd.

«Ich fahre nach Toulouse zu deiner Cousine Julie», erklärte ihm seine Mutter mit fester Stimme. «Das wird mich auf andere Gedanken bringen.»

Das gefiel Momo nicht. Seine Mutter wollte nach Toulouse zu ihrer Nichte Julie reisen, um auf andere Gedanken zu kommen? Wenn man reist, schleppt man seinen Kopf mit, und natürlich seine Gedanken, wie sie auch immer aussehen mögen.

«Ja aber, kann ich dich nicht besuchen kommen?»

«Wann?»

«Ich weiß nicht. Zur Zeit bin ich auf Korsika…»

«Siehst du! Du bist immer mit Arbeit eingedeckt.»

«Ich komme dich besuchen, sobald ich kann.»

«Hast du wenigstens Julies Nummer?»

Er antwortete nicht. Momo dachte, daß er nicht einmal in der Lage war, mit seiner Mutter zu sprechen, ihr gut zuzureden, er war wirklich eine Schande. Seine Mutter erkundigte sich besorgt:

«Geht es dir auch gut?»

Momo schwieg. Warum ließ er es immer zu, daß die Welt sich verkehrt herum drehte? Er sollte seine Mutter beschützen. Nicht umgekehrt. Nun, wo sie nicht mehr aus noch ein wußte, war er unfähig zu reagieren. Sie konnte es, sie konnte ihm wieder Mut machen:

«Das Leben geht weiter, weißt du.»

Maurice Laice blieb vor Verwunderung der Mund offen stehen. Er fragte sich, ob es für ihn überhaupt schon begonnen hatte.

Mit dem Stadtplan in der Hand drang Momo wie ein Tourist in die Altstadt von Bastia vor, die oben in der Zitadelle lag. Zwischen den kühlen feuchten Mauern hallten geheimnisvolle Gesprächsfetzen wider. In dieser Stadt mit ihren verwitterten Gebäuden und vermoderten Fenstern, in denen Wäsche hing, fühlte sich Maurice wie in Neapel. Er stieg eine Treppe hinauf und kam in eine Sackgasse. Das erinnerte ihn wieder mehr an Montmartre. Ihm wurde übel. Lefèvre-Mann hatte ihn mit Wurstwaren und Wildschweinragout vollgestopft. In der Arena seiner Gedärme kämpften heftig verschiedene Tierchen, die vom Patrimonio noch angefeuert wurden. Er hätte gerne zwei Flaschen Badoit-Mineralwasser auf einmal getrunken. In der dunklen, schmutzigen Wohnung von Elsas Mutter hatte Momo ein Foto gefunden, das die kleine Näherin mit ihrer Freundin Carla Cristofari am Strand von Lumio zeigte, kurz bevor Elsa nach Paris gegangen war. Die Mutter, ganz in Schwarz gekleidet und mit faltenzerfurchtem Gesicht, rollte ihre blutunterlaufenen Augen und schwor, daß die Mörder Verrückte aus der Hauptstadt seien, die mit ihrer kleinen Tochter aus Bastia nichts zu tun hätten. Dabei streichelte sie un-

unterbrochen den Kopf ihres schwarzen Hundes, eines großen Mischlings, über dessen Rasse Momo nichts hätte sagen können. Allein dieses sanftmütige Tier schien sie noch zu interessieren. Sie war Maßschneiderin und hatte ihrer Tochter das Zuschneiden, Heften und Nähen beigebracht. Sie arbeitete nicht mehr und führte ein kümmerliches Leben von der Sozialhilfe. Verschlossen, mißtrauisch und gezeichnet von den Dramen, in deren Folge sie allein geblieben war, ließ sie das Fell des Hundes nur los, um ihre abgemagerten Finger zu kreuzen und damit den bösen Blick abzuwenden.

In Elsas Zimmer hatte Momo die kleine ehrgeizige Korsin schon ein wenig besser kennengelernt. Es war erfüllt vom Duft einer jungen lebensfrohen Frau. Ein Duft zwischen Moschus und Vanille. Kleider, die noch nach ihr rochen. Ein Automatenbild von ihr im Alter von dreizehn Jahren. Platten von Bashung. Ein Plakat von Enzo Enzo mit Widmung. Einige Sätze, die in zarter Schrift auf blaues Papier geschrieben worden waren: *Ich entwerfe Mode für Männer, denn ich brauche die Vorstellung von kräftigen Gliedmaßen, festen Bäuchen, der behaarten Brust, dem knackigen Hintern, der Wölbung des Gliedes im Schritt… Erfolg und Reichtum machen nicht glücklich, aber hoch aufzusteigen, hilft einem, sich nicht selbst zu hassen. Die anderen, die Dummen, halten mich für zerbrechlich. Zu sehr von sich eingenommen, bemerken sie nicht die Energie, die meine Geburt rächen wird. Ich werde Gründe für meine Existenz erfinden… Ich habe eine Zukunft, diese Gewißheit trägt mich, seit ich ein ganz kleines Kind war. Eines Tages werde ich genau nach Süden schauen und ganz Paris wird zu meinen Füßen liegen. Ein Mann wird meine Knie umschlingen und mein Geschlecht lecken…* Momo erschauerte. Waren das die Worte einer Jungfrau? Sie klangen falsch. Aber die Mutter bestätigte, daß es sich um die Handschrift ihrer Tochter handelte. Momo blieb lange in dem Zimmer und wartete auf eine Eingebung. Wie gern hätte er zugesehen, wie Elsa ihre Brokate nähte, sie den Modellen anpaßte, die Kante des Saumes umschlug, den Kragen noch etwas höher zog und dann einige Schritte zurücktrat, um ihr Werk zu begutachten. Er stellte sich vor, wie sie ihre Stirn an die kalte Scheibe des einzigen Fensters ihres 17 qm großen Appartements drückte, um hinüber zu schauen auf die schmutzige Wand eines Gebäudes, die man ebensogut für die Mauer eines Gefängnisses hätte halten können, dessen triste Fenster sich mit einem rostroten Zementputz abwechselten. Maurice begann zu träumen und ließ sich mit ihr davontragen in eine Welt aus Taft und Kaschmir… «sich nicht selbst zu hassen», wie sie auf das blaue Blatt Papier geschrieben hatte. Ein Mord zerstörte auch die Privatsphäre, und Momo hatte seine Rolle als Voyeur ziemlich satt. Aber er verstand nun etwas besser, wie Elsa die Energie aufgebracht hatte, diesem schmutzigen Zimmer und dem zur Maske einer – vielleicht wirklich griechischen – Tragödin erstarrten Gesicht dieser gebeugten Frau, die ihre Mutter war, zu entfliehen. Momo hatte die Frau mit dem Hund ohne Bedauern verlassen. Sie hatte ihm nichts Besonderes gesagt. Allerdings hatte sie ihm einige Informationen über Carla Cristofari, Elsas Jugendfreundin, gegeben, einer Sängerin polyphoner Musik,* die in der Altstadt von Bastia lebte.

Momo brannte darauf, diese Carla in ihrem Nest

* Traditioneller vielstimmiger Gesang, der in den 70er Jahren zum Symbol eines wiedererstarkten korsischen Nationalismus wurde.

oberhalb der Zitadelle aufzustöbern. Aber es ging ganz schön steil bergauf im alten Bastia und Maurice hustete sich die Lunge aus dem Leib.

Er betrat ein heruntergekommenes Gebäude, das allerdings früher einmal sehr schön gewesen sein mußte, mit seiner großen prachtvollen Treppe. Im zweiten Stock öffnete ihm Carla die Tür. Sie war genauso schön wie auf dem Foto am Strand von Lumio, schieferblaue Augen und rot angemalte Lippen in einem ebenmäßigen, blassen Gesicht. Er hatte sie sich kräftiger vorgestellt. Sie schien zu zart für eine Polyphonie-Sängerin. Sie war ganz in Schwarz gekleidet, trug einen Minirock über einer dunklen Strumpfhose, riesige Doc Martens, einen Pullover mit U-Boot-Ausschnitt, unter dem man ihre nackten, runden Brüste erahnen konnte. Sie rauchte einen Joint. Allein ihr Anblick ließ Maurices Herz höher schlagen, sie war zu schön, zu jung und wirkte wie ein Überbleibsel von Elsa.

«Entschuldigen Sie, ich dachte ...»

«Nein, ich muß mich entschuldigen. Polizei! Ich komme wegen ihrer Freundin Elsa Suppini.»

Sie räusperte sich verlegen, übertrieben laut, dann blieb sie starr stehen, so starr, daß es unecht wirkte. Momo dachte an den Tick von Jean-Paul Lefèvre, der Korsika für Griechenland hielt, und es schien ihm, als hätte das Mädchen etwas von der jungen Melina Mercouri. Maurice warf ihr ein Lächeln zu, und ausnahmsweise wollte es ihm sogar gelingen:

«Darf ich reinkommen?»

«Ja, bitte.»

Es war ganz offensichtlich, daß sie diese Bitte höchst ungern aussprach, aber sie hatte keine Wahl. Wortlos steuerte Momo auf die einzige Tür im Zimmer zu. Sie führte zu einem Badezimmer, das zugleich Abort war. Das Fenster stand offen, Maurice lehnte sich hinaus und sah zu seiner Rechten auf dem Sims einen Typen, besser gesagt, einen Jungen, der gerade eine Terrasse erreicht hatte und im Gewirr der Dächer verschwand. Da Momo keine Lust hatte, durch einen blöden Sturz im Departement Haute-Corse zu sterben, kehrte er zu dem Mädchen zurück, ohne dabei sein gewinnendes Lächeln abzulegen, das er noch immer für gelungen, wenn auch für ein wenig steif hielt. Er drückte die Chesterfield aus, die noch im Aschenbecher qualmte und entspannte seine Lachmuskeln. Er dachte kurz und beinahe zärtlich an Anna. Wie kam sie darauf, ihn zu fragen: «Warum lieben Sie sich so wenig?»

«Sie werden ihm schon erklären, wie sich ein guter Pfadfinder verhalten sollte. Na, egal, trotzdem, kleiner Tip für ihren Kumpel: nicht so viel Lärm machen und Zigarette ausdrücken! Okay, er ist schwindelfrei, aber der Krach, den er gemacht hat, hat Sie doch auch gestört, Sie hatten ganz plötzlich was im Hals! Man könnte meinen, er setzte alles daran, nicht guten Tag sagen zu müssen, das ist ziemlich unhöflich! Wer war das?»

«Ein Freund...»

«Jean-Baptiste Monetti?»

Dieser Name versetzte die Sängerin in Panik. Woher wußte er das?

«Elsas ‹Verlobter›, der, den sie verlassen hat, um nach Paris zu gehen?»

«Ja», flüsterte die schöne Dunkelhaarige.

«Die Nachbarn der Suppinis behaupten, daß sie einen heftigen Streit hatten, kurz bevor Elsa in die Hauptstadt abgereist ist. Jean-Baptiste soll sie bedroht und gesagt haben, eines Tages werde sie dafür bezahlen.»

«Das war im Streit, Jean-Baptiste könnte keiner Fliege etwas zuleide tun, er war total verliebt in Elsa, aber sie war so...»

Sie verstummte, drückte ihren Joint aus, rollte sich im Sessel zusammen und verschränkte die Arme über dem Bauch. Sie sah aus wie ein kleines Kind. Momo dachte, daß er niemals ein Kind haben würde. Was war mit ihm los? Irgend etwas ging in ihm vor, das das Blut in seinen Adern in Marmelade zu verwandeln schien. Er konnte nichts dagegen tun, er wollte dieses Mädchen beschützen, ihr helfen. Er versuchte, ihr eine Brücke zu bauen:

«Sie war zu stark, ist es das? Zu ehrgeizig?»

«Sie war rücksichtslos, verschlang alles, was ihr im Weg war!»

«Was haben Sie am Tag des Mordes gemacht?»

Sie ging zu einem kleinen Schreibtisch am Fenster und reichte Maurice einen Artikel aus dem *Corse-Matin* vom Tag nach Elsas Ermordung. Darin ging es um ein Konzert von Carla Cristofari am Vorabend im Theater von Porto Vecchio. Ätherische Stimme, intensive Präsenz, Ergriffenheit der Zuschauer, der Journalist schien weniger vom Zauber der Sängerin als vielmehr von seiner eigenen Schreibe beeindruckt. Ein etwas unscharfes Foto zeigte die Sängerin in einem kurzen schwarzen Kleid, sehr zart und zerbrechlich, in einem fahlen Lichtkegel. Momo mußte an den albernen Tick von Lefèvre-Mann mit seiner griechischen Tragödie denken und ein eisiger Schauer lief ihm über den Rücken. Er stand auf, betrachtete eine Weile den CD-Spieler und reichte Carla dann eine CD:

«Ich würde Sie gerne singen hören, würden Sie die auflegen?»

Sie hatte nichts dagegen. An der Wand hing ein Plakat vom Festival für polyphone Gesänge in Calvi, sie war kaum darauf zu erkennen, das Gesicht bläulich eingefärbt, die Umrisse mit dem Pinsel nachgezogen. Er stellte sich vor, wie sie im Chor einer Kapelle, im Innenhof eines Gebäudes oder auf der Bühne eines Theaters a capella sang. Ihre Stimme erhob sich, kräftig, ein wenig rauh, als würde sie durch die Akustik eines Kirchenschiffs verstärkt. Es war ein schöner, reiner Klang, der unter die Haut ging und die Gefühle glättete, die sich wie Federn eines Oberbetts verklumpt hatten.

«Und Sie, wollten Sie auch die Welt verschlingen?»

«Ich habe keinen großen Hunger.»

Momo vermied es, sie anzusehen. Ihre Appetitlosigkeit rührte ihn. Sie war wie er! Aber sie hatte das große Glück, singen zu können. Fast hätte er ihr gesagt, daß sie doch noch jung sei, daß sie die Angst noch überwinden könne.

«Ich habe immer Angst gehabt, ich konnte nichts dagegen machen», sagte sie, als hätte sie seine Gedanken erraten, «dafür habe ich Elsa immer bewundert.»

«Und Ihr Jean-Baptiste? Nicht gerade schlau, vor einem Polizisten davonzulaufen.»

«Ich glaube, er hatte keine Lust, sich mit einem Typen vom Festland anzulegen!»

«Glauben Sie, die Korsen sind besser?»

«Nein, aber das ist etwas anderes.»

«Er war schon mal im Knast, stimmt's?»

Sie sah ihn an, aber das Ja kam ihr nicht über die Lippen.

«Denken Sie daran, Carla, daß das kein Geheimnis für mich ist, ich kann es sofort herauskriegen!»

Es tat ihm gut, ihren Vornamen auszusprechen. Gerne hätte er ihr gesagt, daß er nicht hier war, um ihr Schwierigkeiten zu machen, auch wenn alles dagegen sprach. Er hatte es satt, gehaßt zu werden, vor allem von ihr, es war ein wenig so, als würde Elsa ihm ihre tiefste Verachtung zeigen.

«Er war noch nicht einmal zwanzig. Ein Einbruch, der schiefgegangen ist.»

«Und da ist er jetzt schon wieder draußen? So schief kann es dann ja nicht gegangen sein!»

Angesichts dieses Mädchens, das in sich zusammengerollt dasaß und deren Stimme von den schmerzlichen Herrlichkeiten der Welt sang, wurde Momo von einer großen Welle des Trübsinn überspült. Dieser kleine Gauner Jean-Baptiste gefiel ihm überhaupt nicht. Was fanden die beiden Mädchen an diesem Spinner? Er hatte die Schnauze voll von diesen kleinen Ganoven, die der zweifelhafte Nimbus des Banditen umgab. Er fragte Carla nach Manfred und nach dem Bildhauer aus der Rue Burcq. Sie versicherte, niemals von ihnen gehört zu haben. Elsa war nur einmal zu Weihnachten nach Bastia zurückgekommen. Carla hatte sie getroffen, doch das ehrgeizige junge Mädchen hatte sie nicht ins Vertrauen gezogen. Sie hatte ihr lediglich von ihren Plänen für eine eigene Kollektion erzählt.

«Sie sagte, daß sie jemanden getroffen habe, aber das war ein großes Geheimnis. Ich konnte nicht herausbekommen, wer es war. Sie behauptete, sie würde bald mit ihm nach Korsika kommen ...»

Momo wußte bereits, daß Elsa das Glück hatte, an ihren Traum zu glauben. Die Liebe ist nur ein Traum. Eine Kette von Seifenblasen, mit denen man spielen, an denen man sich erfreuen kann, bis sie zerplatzen und zu einem Wassertropfen werden. Und wenn man sorgfältig Tropfen für Tropfen von diesem winzigen Manna sammelt, gelingt es einigen Glückspilzen vielleicht, ein winziges Wasserglas zu füllen, bevor sie sterben. Das Leben war wahrscheinlich nichts anderes, als dieses geduldige Sammeln des Traumwassers, des einzigen Nektars des Lebens.

«Wußte Elsa, daß Sie zusammen waren, Jean-Baptiste und Sie?»

«Das war ihr ganz egal, Jean-Baptiste hat ihr nie etwas bedeutet.»

Sie sagte es in einem vorwurfsvollem Ton. Elsa gehörte zu den Leuten, die ihre Mitmenschen verachten und die höher hinaus und mehr vom Leben genießen wollen und anderen ihre Unersättlichkeit vor den Latz knallen. Carla zog einen entzückenden Schmollmund, Momo war völlig hingerissen. Es schien ihm, als ähnelte auch diese Brünette dem Mädchen, das in seinen Armen gestorben war, erstickt wegen eines alten Gasboilers. Ein Traumbild, um das alle seine Liebesphantasien kreisten.

«Ich bin gezwungen, die Flucht Ihres Jean-Baptiste zu melden. Von jetzt an wird er gesucht. Wenn es wirklich nur die Abneigung gegen einen aus Paris war, war er ganz schön blöd! Dann soll er sich jetzt mit seinen Landsleuten auseinandersetzen.»

«Er hat doch nichts getan!»

Ihre Stimme klang flehend, er sah ihr in die Augen. Er hätte alles darum gegeben, ihr Vertrauen zu gewinnen, doch das war völlig undenkbar, und er hätte sich nicht einmal selbst dieses Privileg zugestanden, dafür kannte er sich zu gut:

«Was Jean-Baptiste angeht, weiß ich es nicht. Aber bei Ihnen denke ich, daß Sie mit dem Mord an Elsa nichts zu tun haben. Ich sollte Ihnen das nicht sagen, aber ab und zu hat sogar ein Polizist mal das Recht, jemandem zu glauben.»

Sie lächelte ihn an. Dieses Lächeln nahm er mit, überzeugt, daß er das Mädchen wiedersehen und sie sich ihm anvertrauen würde. Er überließ sie ihren polyphonen Gesängen, die er noch im Hof hörte, wie eine in diesen Mauern eingeschlossene Hoffnung.

Auf dem Polizeirevier war Lefèvre-Mann ganz aus dem Häuschen. Er hatte sein Netz ausgeworfen, um einige Händler von Pornovideos zu fassen, die er seit Monaten überwachte; auf dem Weg zum Flughafen durfte Momo sich einen Bericht über seine Leistungen anhören.

«Bastia ist zur Drehscheibe des Handels mit Pornobildern zwischen Amerika und den östlichen Ländern geworden. Das läuft über Italien, weil man da fast hinspucken kann. Die Spaghettifresser haben heimlich eine kleine Fabrik zur Vervielfältigung von Videos und zum Druck der Hüllen in einem Haus am Cap Corse errichtet. Jetzt müssen wir das ganze Zeug sichten, um festzustellen, was strafbar ist. Man müßte ein paar Labors für künstliche Befruchtung kennen, denn bei der Wichserei, die die Filme auslösen werden, hätte man ein Verwertungssystem aufbauen sollen.»

Momo zuckte mit den Schultern:

«Und was ist mit meiner Kleinen und ihrem Exfreund?»

«Monetti?»

Lefèvre-Mann wußte so einiges über Jean-Baptiste, der einer «Abspaltung» des FLNC angehört hatte. Zwar war er während eines Einbruchs erwischt worden, bei dem die Kasse der Gruppe gefüllt oder die dicken Landrover der obersten Chefs gesichert werden sollten.

Er hatte jedoch nicht lange im Knast gesessen, wahrscheinlich, weil man an höherer Stelle der Ansicht war, daß er genügend wußte, um einige angesehene Leute in Schwierigkeiten zu bringen.

«Wann war das?»

«Vor zwei Jahren.»

«Einige Monate, bevor Elsa nach Paris gegangen ist?»

«Vor allem kurz nach dem Mord an diesem französischen Beamten. Wie sagt man in Sizilien, eine erlesene Leiche ...»

«*Kesaco?*»

«So nennt man bestimmte Männer, die in Italien von der Mafia ermordet wurden. Tote, die allen gelegen kommen. Die Ermordung dieses hervorragenden, über jeden Zweifel erhabenen Mannes paßte sowohl den Terroristen, als auch der Mafia und sogar dem französischen Staat in den Kram.»

Lefèvres Auto kam nicht vorwärts, er steckte im Feierabendverkehr fest. Sie waren in den Vorstädten. Hier gab es weder das Meer noch neapolitanische Häuser, und Maurice Laice fragte sich einen Augenblick lang, ob er Carla, die Zitadelle und die Kirchengesänge nicht nur geträumt hatte.

«Und was hat Jean-Baptiste mit all dem zu tun?»

«Wer hat wohl beschlossen, daß Jean-Baptiste draußen weniger gefährlich ist als im Knast? Großes Geheimnis!» sagte der Hauptkommissar und verzog das Gesicht zu einer Grimasse.

«Wovon lebt der Knabe?»

«Aufnahmeleiter bei France 3 Korsika. Kleines Gehalt, wenig Arbeit. Eine gute Tarnung! Sicherer Arbeitsplatz und keine Behelligung.»

«Warum ist er abgehauen?»

«Einen Bullen und noch dazu einen vom Festland vor sich zu haben, das ist zuviel für einen kleinen Gauner wie ihn. Er sagt sich, daß Sie wohl nicht die gleiche Sprache sprechen und daß es besser ist, kein Gespräch anzufangen. Mir ist das am Anfang auch so gegangen. Jetzt legt es sich langsam. Ich hab mich an die Inselmentalität gewöhnt, mir blieb auch keine andere Wahl. Wenn man die ganze Zeit Wildschwein ißt, wachsen die Haare irgendwann dichter.»

«Ich wüßte zunächst einmal gern, ob er an dem Tag, an dem Elsa ermordet wurde, gearbeitet hat, ich möchte sicher gehen, daß er nicht in Pigalle war.»

«Schon erledigt!»

Momo hatte die Geheimniskrämerei des Ex-Bretonen satt, er hatte Lust, ihm eine reinzuwürgen.

«Und?»

«Na ja, er hatte sich freigenommen.»

«Mein Gott!»

«Keine voreiligen Schlüsse, wir kriegen ihn schon zu fassen, in der Zwischenzeit werden wir uns mal mit seinen Freunden und Bekannten unterhalten.»

«Jedenfalls kann ich nicht hierbleiben und mich an Ihren Meeresbrisen berauschen, bis man ihn gefunden hat. Sie werden mehr erreichen als ich. Ich werde zu Hause meiner Chefin Bericht erstatten.»

Während sie in der funkelnagelneuen Flughafenbar ihr letztes Glas tranken, richtete Lefèvre-Mann eine flehende Bitte an Maurice:

«Sagen Sie meiner Frau nicht, daß ich mit Ihnen über sie gesprochen habe, Sie wissen ja, wie sie ist!»

Momo erinnerte sich durchaus noch an seine Chefin, und er fragte sich, wieso sie ihn hierher geschickt hatte. Damit er ihren Ex-Mann kennenlernte? Oder um auf

Montmartre freie Hand zu haben? Er dachte an den Typ mit der durchgebissenen Kehle in der Rue Gerpil. Crack, synthetische Drogen, Immobiliengeschäfte, was hatten Elsa, Carla und Jean-Baptiste mit diesem Filz zu tun? Zunächst einmal gar nichts.

Als er in das Flugzeug stieg, blieb ihm nichts weiter als Carlas Lächeln. Und die Erinnerung an Annas Augen. Anna. Wie Anna Karina in *Pierrot le fou*. Daran hatte er noch gar nicht gedacht.

Sie sind fort. Sie hört ihre Stimmen. Sie hat Angst. Angst, ihr Schluchzen könnte gegen ihren Willen ihren Körper schütteln und sie verraten. Tränen können töten. Ihr Bauch, ihre Brust, ihre Kehle halten sie zurück; doch die Flut muß heraus, ihr Körper dröhnt vor Schmerz. Sie wagt es, die Augen zu öffnen. Eine Wolke zieht über sie hinweg. Sie fleht sie an, ihr zu helfen, ihre Tränen als Regen aufzunehmen. Sie hört, wie sie näherkommen, ihre Beine zittern, sie werden sehen, daß sich das Leben in ihr festkrallt, unter der blutüberströmten Leiche, die sie schützt. Sie schließt die Augen. Sie rührt sich nicht. Sie kommen näher. Sie hofft, daß die Wolke genügend Tränen mitgenommen hat, damit sie nicht herausbrechen.

Maurice Laice betrachtete durch das Fenster das Kommen und Gehen auf der Rue Doudeauville, kaute an seinem Daumennagel und zog an seinem Zigarillo, ziemlich viel Schnullerersatz auf einmal! Während seiner Abwesenheit hatte Caty, das Bürokratie-Mäuschen, die Personalien verschiedener Eigentümer der Rue Gerpil auseinandergepflückt. Ein Name tauchte unter den Aktionären mehrerer Unternehmen, die dort Wohnungen besaßen, immer wieder auf: ein gewisser Pasquier, dessen Biographie Caty – offenbar verhinderte Schriftstellerin – zu schreiben schien. Bisher brachte das Ganze jedoch nicht den Ansatz einer Lösung für den Mordfall im *Moulin Rouge*. Seit der Entdeckung der Leichen war Momo nicht einen Schritt weitergekommen. Weder auf Korsika noch in Paris. Er schreckte auf:

«Na, Kommissar, zwei Tage weg vom Montmartre und schon kriegen Sie Heimweh?»

Aline Lefèvre hatte unbemerkt sein Büro betreten. Wie lange beobachtete sie ihn schon, diese Nervensäge?

«Sie hätten doch noch ein bißchen bleiben können, was sind Sie nur für ein häuslicher Mensch!»

Ihr Gesicht war aufgedunsen, sie hatte Ringe unter den Augen, sie hatte es am Vorabend wohl ziemlich krachen lassen mit ihrer Liebsten vom Finanzministerium und einem jungen Mädchen, das sie in dem Nachtlokal aufgegabelt hatte. Um sie zu ärgern, paffte Momo mit seinem Zigarillo eine dicke Rauchwolke. Er dachte an Lefèvre-Mann. Der falsche Korse fehlte ihm, mit seinem Migräne-provozierenden Rotwein. Um dem Blick seiner Chefin auszuweichen, begann er, in den Papieren auf seinem Schreibtisch herumzuwühlen:

«Es macht mir Angst, mich in ein Gepäckstück zu verwandeln,. Und daß diese blödsinnigen Reisen ein Vergnügen sein sollen, geht nicht in meinen Kopf. Jetzt können Sie natürlich sagen, es liegt vielleicht daran, daß ich so blöd bin wie ein Koffer.»

«Sagen Sie nicht solche Wörter wie Vergnügen, das tut Ihnen nur weh, Kommissar!»

«Wenn Sie nicht meine Chefin wären, würde ich es wagen, Sie zu fragen, was Sie von einer Mücke unterscheidet.»

«Ich nehme an, Mücken nerven nur im Sommer!»

«Und außerdem muß man sich die ganze Zeit über den Mund fahren lassen!»

«Also, erzählen Sie mir nun von den unbeschreiblichen Strapazen fernab von Ihrem geliebten Montmartre?»

«Ich könnte ein Buch darüber schreiben.»

«‹Mehristweniger›, lassen Sie sich nicht lange bitten. Spucken Sie's aus, ich bin sicher, Sie haben die ganze Geschichte schon fertig, sozusagen auswendig gelernt.»

Momo erzählte von Jean-Baptiste, seinem Lebenslauf, seiner Flucht, von Carla und ihrem lokalen Ruhm als Polyphonie-Sängerin. Das gefiel der Blondine, sie war entzückt.

«Es war gar nicht so dumm, Sie da runter zu schicken,

die Einheimischen machen doch nur Dienst nach Vorschrift!»

Das war nicht gerade nett ihrem Ex-Mann gegenüber, und Momo weigerte sich, den Liebhaber gängigen Rotweins anzuschwärzen. Das Telefon klingelte. Er erkannte sofort die Stimme des falschen Korsen, hütete sich aber, es der Nachtschwärmerin mitzuteilen, die ihn umgehend aufgefordert hätte, den Lautsprecher einzuschalten.

«Sie werden es mir übel nehmen, Kommissar, ich habe eine Flasche Patrimonio getrunken, nachdem ich das gesehen hatte, ich warne Sie, das wird Ihnen nicht gefallen, Ihr kleines Rotkäppchen, Ihr Schneewittchen, das ist alles andere als der süße Engel, von dem Sie mir erzählt haben!»

«Ich hänge an Ihren Lippen, glauben Sie, daß die das aushalten?»

«Ich lasse Ihnen ein Paket zukommen, über einen Typ von hier, der nach Paris fährt. Es wird spätestens morgen Mittag im Kommissariat für Sie abgegeben.»

«Wollen Sie mir nicht wenigstens eine Einführung in das Werk geben?»

«Ein Nachwort wäre mir lieber. Das Objekt ist uns bei der Razzia am Cap Corse in die Hände gefallen.»

«Ich verstehe!»

«Noch nicht! Rufen Sie mich an, wenn Sie es gesehen haben ... und sagen Sie meiner Ex noch nichts.»

«Natürlich nicht!»

Er legte auf. Lefèvre-Frau beobachtete ihn lauernd:

«Was hat er Ihnen erzählt?»

«Wer?»

«Na, mein Ex!»

«Das war ein Freund, der ein Antiquariat hat, jemand

hat ihn nach Unterlagen zur Biographie von Carco gefragt.»

«Ich will, daß Sie Lefèvre jeden Tag in Bastia anrufen und ihn auf Trab bringen!»

«Selbstverständlich!»

«Was die Erdgeschoßwohnung in der Rue Gerpil angeht, in der Sie die Leiche gefunden haben, so tritt Caty etwas auf der Stelle. Eine Eigentümergemeinschaft, um die sich der Notar unseres guten Pasquier kümmert. Ich habe sie gebeten, uns das Puzzle für das ganze Haus zusammenzusetzen. Sie hat sich vor Ort umgehört, da ist wirklich eine feine Gesellschaft versammelt: Dealer, Transvestiten, Prostituierte. Nur dreihundert Meter vom Abbesses-Theater entfernt!»

Momo begann, hemmungslos zu gähnen, dann sagte er:

«Tja, das ist Paris!»

«Sollten Sie vorhaben, heute früh schlafen zu gehen, vergessen Sie's. Ich brauche Sie heute abend!»

Sie erklärte ihm ihren ausgefuchsten Plan. Ein Taschendieb hatte einen Restaurantbesitzer aus der Rue Garraud denunziert, der einen kleinen Lieferservice für Drogen betrieb. Sie wollte ihn noch am selben Abend auf frischer Tat ertappen.

«Ich muß unbedingt an der Mordsache im *Moulin Rouge* weitermachen», bat Momo flehend.

Beinahe hätte er hinzugefügt, daß Carla auf ihn zählte. Den Mörder der kleinen Näherin zu finden, war die einzige Möglichkeit, den Traum von den beiden Korsinnen loszuwerden, die ihn am Strand von Lumio zärtlich anlächelten. Dieses Bild ging ihm nicht mehr aus dem Kopf. Maurice hatte sich geschworen, sich Carlas Vertrauen würdig zu erweisen. Die Polyphonie-Sängerin war eine lebendige Version von Elsa. Er würde sie vor den Machenschaften einer Freundin beschützen, die schnell und intensiv hatte leben wollen, vielleicht weil sie schon geahnt hatte, daß sie viel zu jung bei einem bühnenreifen Blutbad sterben würde.

«Warum könnte es nicht eine Verbindung geben zwischen unserem Ermordeten in der Rue Gerpil und Ihren beiden Toten vom *Moulin Rouge*», beharrte Lefèvre-Frau. «Die Rue Garraud liegt doch genau in der Mitte, oder?»

«Ich sehe keinen Zusammenhang zwischen Ihrem Typen aus der Auvergne und meinen beiden Helden aus einem Fotoroman!»

«Wollen Sie wetten?»

«Niemals!»

«Seien Sie doch nicht so ein Dickschädel, ‹More is less›, ich habe kein Vertrauen in die Rauschgiftbrigade. Sie haben immer einen kleinen Spitzel unter den Drogendealern, den sie schonen, um einen größeren Fisch zu erwischen, und sie unternehmen nichts, ehe sie nicht ganz sicher sind, den großen Manitu aus Bogota zu verhaften, der das Rauschgift zentnerweise vertreibt!»

Die Erregung hatte tiefe Falten in ihr Gesicht gegraben und ihren Rücken gebeugt, mit einem Schlag schienen jede Menge freie Radikale über sie herzufallen. Momo insistierte nicht weiter, sie aber sehr wohl:

«Ich habe es satt, daß sie sich gegenseitig auf die Schultern klopfen, weil Crack in Paris nicht denselben durchschlagenden Erfolg hat wie in den USA, weil sie es geschafft haben, die Place de Stalingrad zu säubern und Handel und Konsum zwischen dem 18. und Saint-Denis aufzuteilen. Es gibt immer noch genug Tote, daß man sich darum kümmern sollte!»

«Noch immer diese Geschichte mit den synthetischen Drogen?» seufzte Momo. «Ihr Mann aus der Auvergne vertreibt bestimmt kein DOB oder Ecstasy!»

«Selbst wenn es so wäre, wir wissen es nicht, und vielleicht bringt er mich auf eine andere Spur...»

«Ihre Geschichte, kann man die sich auch auf CD-ROM ansehen?»

«Hören Sie, Kommissar, ich bin es leid, daß Sie alle meine Initiativen niedermachen. Diese Scheiße in Form kleiner Pillen ist vielleicht nicht so aufregend wie die Abenteuer visionärer Poeten und Opiumsüchtiger im ‹Goldenen Dreieck›! Aber wenn ein Mädchen am Morgen nach einer Fete in Berkeley aufwacht, beschmiert mit dem Sperma von fünf jungen Schwachköpfen, die sie vergewaltigt haben, nachdem sie ihr eine kleine Kapsel in die Cola gemischt haben – es mag ja sein, daß ich da böswillig bin, aber ich kann darüber nicht lachen!»

Momo sah sie an und zündete sich ein Zigarillo an. Er verstand nicht, was sie ihm sagen wollte, er hatte sein Sperma niemals mit dem seiner Kumpels vom Gymnasium vermischt. Sie sah ihn nicht an, sondern schaute nun ihrerseits in Richtung Fenster. Er glaubte plötzlich zu verstehen, warum sie von den synthetischen Drogen so besessen und so mißtrauisch war gegenüber dem männlichen Geschlecht.

«Ich war neunzehn Jahre alt», sagte sie leise. «Es hat mich nicht gerade ermutigt, die männliche Erotik zärtlich und wohlwollend zu entdecken. Ich kann nichts dafür, daß der Geruch von Testosteron nicht unbedingt wie ein Jungbrunnen auf mich wirkt!»

Jetzt hatte sie es gesagt. Momo wäre am liebsten im Erdboden versunken. Nun wußte er, weshalb sie sich so sehr wegen der neuen Drogen ereiferte. Er dachte an Carla, die auf ihn zählte, und an Anna, die mit ihm gesprochen hatte. Er dachte an all die Toten, die ihn zu Frauen führten. Opfer. Aber deshalb war er doch noch lange kein Mistkerl, eher ein Niemand, weniger als nichts. Er sagte ihr, daß es ihm leid tue. Sie verließ sein Büro und erklärte dabei schroff:

«Um zehn Uhr heute abend, vor dem *Pigall's*!»

Momo verließ das Revier mit einer Laune wie ein Pitbull, er hatte es wirklich satt! Es war noch immer frühlingshaft kalt, das heißt, eisig kalt, und es wehte ein frostiger Nordwind, der die Zähne klappern ließ. Das afrikanische Flair der Rue Doudeauville beruhigte ihn, noch bevor er die Rue Poulet erreichte. Welch passender Name!* Er dachte kurz an Anna, die er immer noch nicht angerufen hatte. Schließlich hatte sie ihm eine Massage vorgeschlagen, «wenn Sie mal völlig fertig sind, zur Entspannung, Sie werden sehen, Sie fühlen sich wie neu geboren, ich habe Hände aus Stahl». Er glaubte durchaus an die Kraft ihrer Hände, aber nicht, daß er einen zweiten Frühling erleben könnte. Doch der Glaube würde vielleicht kommen, wenn er sich massieren ließe. Diese Frau konnte verhindern, daß er endgültig zum Frauenhasser wurde, das war durchaus wünschenswert. Er wollte nicht dazu gezwungen werden, das Ufer zu wechseln. In seinem Alter konnte man eine solche falsche Weichenstellung nicht mehr so leicht verkraften. Es gibt anscheinend haufenweise Typen, die es gern machen würden, sich aber letztlich nicht getrauen. Was war nur mit ihm los? Momo konnte sich nicht vorstellen, wegen

---

* Poulet: Hühnchen wird in Frankreich auch als Spitzname für die Polizei benutzt.

eines behaarten Kraftprotzes oder eines bartlosen, schönen Jünglings einen Steifen zu kriegen! Er überlegte, was er sagen sollte: «Obwohl meine Chefin eine Frau ist, ist sie ein leidenschaftlicher Macho, so daß ich Angst habe, einem primitiven Sexismus zu verfallen ...». Nein, er würde es doch nicht wagen. Er würde Anna einfach nur zum Essen einladen, um sich dafür zu entschuldigen, daß er sie so wenig gastfreundlich empfangen hatte.

Er war fast fröhlich, als er ihre Nummer wählte. Doch da Freude ein Gefühl war, das bei ihm nie lange anhielt, hob niemand ab. Er fragte sich, ob sie vielleicht schon nach Beauvais zurückgefahren war. Nein. Sie hatte gesagt, sie würde eine Weile bleiben, um Manfreds Sachen zu ordnen. Momo versuchte, sich wieder an ihre Stimme zu erinnern. Ein wenig rauh, sehr tief, fast verletzt. Sie sprach immer etwas gedämpft, als kämen aus ihrem Mund nur Vertraulichkeiten, diese Erinnerung rührte ihn.

Er stieß die Tür zum *L'Oracle* auf und freute sich, Boualems Gesicht zu sehen. Dieser empfahl ihm einen Rindfleisch-Karotten-Eintopf, der die ganze Nacht auf kleiner Flamme zusammen mit einem Kalbsknochen geköchelt hatte.

«Butterzart!»

Er zerging tatsächlich auf der Zunge, und Momo genoß den ersten wohligen Moment an diesem Abend. Boualem sprach über den Typen mit der durchgebissenen Kehle aus der Rue Germain-Pilon. Momo maulte:

«Drogen sind das Steckenpferd meiner Chefin. Sie hat da noch eine Rechnung zu begleichen. Abgesehen davon ist sie einem Immobilienbetrug auf der Spur.»

«Gar nicht dumm! Weißt du, wie groß der Unterschied ist zwischen den Immobilienpreisen in der Rue Junot und in den Straßen, die zum Pigalle runtergehen? Das Doppelte! Manchmal sogar das Dreifache! Wenn sich das mal irgendwann angleicht, werden einige Leute einen Haufen Geld machen.»

«Bis dahin habe ich aber keine Lust, mich heute abend im Pigalle-Viertel totzufrieren ...»

«Iß einen *Pont-L'Evêque*-Käse, schön reif, das wird dich warm halten!»

Momo verdrückte einen *Pont-L'Evêque*, er hatte keinen mehr gegessen, seit er aus der Normandie zurück war. Sofort erinnerte er sich an Granville. Er dachte wieder an den Ärmelkanal, an das unaufhörliche Kommen und Gehen des Wassers. An jenen kaum wahrnehmbaren, stets fließenden Übergang zwischen Himmel, Erde und Meer, alles schob sich ineinander, verschwamm, wurde unbestimmt. Beruhigend.

«Vielleicht täuscht sich deine Hauptkommissarin, sie täuscht sich sogar ganz bestimmt, denn es ist immer schlimmer, als man denkt», beharrte Boualem.

Er schien völlig aufgewühlt. Momo hatte ihn noch nie so erlebt.

«Warum interessierst du dich dafür?»

«Berufskrankheit!»

«Psychiater?»

Boualem nahm Momo gegenüber Platz und schwieg.

«Ich war Polizist, Maurice. Polizist, wie du!»

Momo sah ihn an, er konnte es kaum glauben. Boualem war am Boden zerstört:

«Ein Scheißbulle!»

«In Algier?»

«Ja. Ich habe versucht, mich rauszuhalten, aber das war gar nicht so einfach.»

Momo betrachtete sein Glas und sagte nichts. Er war nicht sicher, ob er Boualems Geständnis hören wollte, aber es war schon zu spät. Der Algerier hatte beschlossen zu reden, und Momo schauderte es schon im voraus. Boualem sprach so leise, daß man ihn kaum verstehen konnte:

«Wir ließen einen Familienvater seine Tür öffnen. ‹Bist du's, Fouad Benmehdi?› Der Typ antwortete ‹ja› und kriegte eine Kugel mitten ins Herz gejagt. Wir sind einfach so losgezogen, aufgrund einer Denunziation oder eines anonymen Briefs, und haben den Kerl umgelegt. Wir haben Tabletten genommen, um uns wach zu halten, wir konnten es nicht mehr aushalten, das hat Jahre gedauert. Eines Tages wurde einer meiner Kollegen schwer verletzt, der Chef sagte: ‹Schließlich werdet ihr fürs Sterben bezahlt›. Eines Nachts geriet das Patrouillenfahrzeug in eine Schießerei. Eine Kugel riß mir die Schulter weg. Der Typ neben mir war tot. Ich habe mich auf ihn gelegt und die Augen zugemacht. So lagen wir da, bis zum anderen Morgen um 7 Uhr.»

Momo spürte ein Brennen in der Kehle. Boualem in den Armen eines Toten. Das nahm wohl nie ein Ende!

«Schließlich bin ich ausgerastet, während eines Schußwechsels weigerte ich mich, mitzumachen. Ich habe ein Jahr im Knast gesessen. Ich weiß nicht, warum sie mich nicht umgebracht haben. Wahrscheinlich hatten sie Verwendung für mich. Ein ganzes Jahr lang habe ich nur ans Essen gedacht, Rezepte auswendig gelernt und neue Gerichte erfunden. Das ließ mich hoffen, eines Tages aus dieser Scheiße herauszukommen und dann nur noch ein Mund voller Geschmacksnerven zu sein, wieder bei Null anzufangen, ganz von vorne.»

Momo kippte sein Glas in einem Zug herunter.

Boualem, der Feinschmecker mit der guten Laune, Boualem immer rege und aufmerksam ... ein Bulle!

«Niemand weiß davon, Maurice. Ich versuche einfach, zu überleben und meine Ruhe zu haben. Ich sehe zu, daß ich meine Landsleute im Exil nicht treffe. Sie haben zu viel Schreckliches zu erzählen. Wie ich drehen sie sich immer noch um, wenn sie auf der Straße entlang gehen, weil sie Angst haben. Ganze Dörfer wurden abgeschlachtet, kannst du dir das vorstellen? Das vergißt man nie, man weiß nicht mehr, wie das ist, ruhig zu sein, man schämt sich zu leben. Jetzt lese ich Zeitung. Ich verschlinge ihre Geschichten, die nie ganz wahr sind, aber ich versuche, es zu verstehen.»

«Boualem, die Rechnung für Tisch drei, bitte!» brüllte der Wirt.

Boualem erhob sich langsam, er war bleich und zitterte, kein schwungvolles Herumwirbeln mehr. Momo blieb eine ganze Zeit wie versteinert sitzen, dann erhob er sich mühsam und verließ das alte Bistro. Er fühlte sich unglaublich schwer.

An der Place Pigalle lief er mit großen Schritten den Boulevard entlang, den er immer als den Wassergraben um das Schloß Montmartre seiner Kindheit angesehen hatte. Es war kalt. Zum Glück wärmten ihn der Karotten-Rindfleisch-Eintopf und der *Pont-L'Evêque* von innen. Im übrigen konnte er nach Boualems Erzählung durchaus etwas frieren, ohne sich über seinen ruhigen Job als kleiner schlechtbezahlter Beamter zu beklagen: Das war fast schon eine Freizeitbeschäftigung! Er bezog an der Ecke zur Rue Houdon Position. Es roch nach Abgasen. Neonlichter und Sexshopreklamen spuckten ihre grellen Farben zwischen Autoscheinwerfer und Straßenlaternen in die Nacht. In der *Bar des Artistes* bestellte er einen starken Espresso und ließ den Ausgang des gegenüberliegenden Nachtlokals nicht aus den Augen. Während er den Kaffee umrührte, klingelte sein Handy. Es war Caty, die kleine Büromaus:

«Halten Sie sich bereit, sie kommt in fünf Minuten heraus, sie ist auf der Toilette, sie hat gerade ihren Mantel an der Garderobe geholt.»

Momo verzichtete darauf, sich die Zunge zu verbrennen und ließ seinen Espresso stehen. Frauen hatten unbestreitbar ein ausgesprochenes Talent, ihn zu nerven. Er ging quer über die Straße, schräg nach links und stellte sich neben den Ausgang der Bar *Pigall's* auf, direkt unter das Schild eines Lesbenclubs, auf dem erotische Chansons und Lesungen angepriesen wurden. Zwei Mädchen traten eng aneinandergeschmiegt ein. Die Tür fiel schwer ins Schloß, es hing ein Plakat daran:

«Die Frau hat 228 erogene Zonen, der Mann auch.»

Zwei einfache Zeichnungen zeigten einen nackten Mann und eine nackte Frau. Von allen möglichen Punkten des Körpers der Frau gingen 228 Pfeile aus, ein riesiger Akupunktur-Dschungel. Auch vom Körper des Mannes gingen 228 Pfeile aus, aber alle von einem einzigen Punkt aus: seinem Schwanz. Maurice war nicht zum Lachen zumute. Er war eher wütend. Welch ein Elend, diese feministisch-lesbische Raserei! Er war froh, jeder Form von Sexualität entsagt zu haben. Das 21. Jahrhundert würde das Jahrhundert der Wichserei werden oder gar nicht stattfinden!

Momo wandte sich um. Nicht der richtige Augenblick zum Philosophieren, das Mädchen machte sich davon, es war schon am Brunnen der Place Pigalle. Er ging um den Platz herum. Das Mädchen bog in die Rue Coustou und verschwand dann im Haus Nr. 4. Im schützenden

Halbdunkel wartete er unter dem gegenüberliegenden Hauseingang und versuchte sich aufzuwärmen, indem er ein Zigarillo rauchte. Von der Kälte bekam er Rückenschmerzen, er zitterte wie ein Preßlufthammer, würde es wohl irgendwann einmal wieder warm werden? Er sah das Gesicht seines Vaters deutlich vor sich, seine knotigen Hände, seine gedrungene Gestalt. Alles tot! Meistens gelang es ihm, seinen Vater tief unter der Erde zu vergessen. Doch sobald er zu frieren begann, erschien ihm wieder das Gesicht seines Alten, und er sah auch für sich selbst nur eine Zukunft auf dem Friedhof. Die Sache zu Ende bringen, diese Arbeit begann, sobald man geboren war. Das Klingeln des Handys riß ihn aus seinen makabren Gedanken. Diesmal war es seine Chefin:

«Die Bestellung wurde vor zwanzig Minuten aufgegeben, der Typ fährt in diesem Moment mit seinem Mofa an der Place Emile-Goudot los.»

Momo war bereit, er hörte das Mofa wie einen Mixer knattern, wartete, bis der Typ angehalten hatte und abgestiegen war und stand, als der Junge den Türcode drückte, ohne Vorwarnung hinter ihm. Dieser sah ihn panisch an, Momo nickte ihm zu, als würde er ihn grüßen und ließ ihn dann vorbei. Er ging hinter ihm die Treppe hinauf. Momos Lungen schmerzten. Verdammt, er würde frühzeitig sterben und nichts von seiner Pension haben. Als der Junge im fünften Stock klingelte, tat Momo so, als wolle er in den sechsten hinaufsteigen, ganz langsam, bis die Tür geöffnet wurde, dann sprang er vor, die Polizeimarke in der einen Hand und die Knarre auf den Bauch des Typen gerichtet: «Polizei!»

Unten hörte er schon die Polizeisirenen. Die Polizisten kamen schneller als er herauf, sie hatten schließlich Übung. Der Kerl hatte drei Gramm Koks bei sich. In

Momos Handy verkündete Aline Lefèvre den Sieg: Die Handschellen hinderten den Besitzer des Bistros in der Rue Garraud daran, sich am Hintern zu kratzen. Momo hatte gelegentlich in seinem Restaurant gegessen. Der Mann aus der Auvergne machte beim Essen auf Chinesisch, Französisch und Nordafrikanisch, es ist kein Verbrechen, Kosmopolit zu sein. Wie sollte er da nicht an Boualem denken, dessen Leben nur noch aus Gaumenfreuden bestand?

Es hatte wieder angefangen zu regnen. Momo stieg langsam den Hügel des Montmartre hinauf und trank an der Straßenbiegung der Rue Lepic noch ein letztes Glas. Seine Bude in der Rue Gabrielle glich mehr und mehr einem elenden Verhau. Vollkommen bekleidet sank er auf sein feuchtes Bett.

Er hatte den Eindruck, es seien nur wenige Minuten vergangen, als er weit entfernt sein Handy klingeln hörte. Er hatte geschlafen wie ein Stein. Es war bereits acht Uhr morgens. Es war Lefèvre-Mann.

«Geben Sie's zu, Kommissar», meldete sich der falsche Korse mit kehliger Stimme, «Sie hatten Angst, ich würde mich nicht um Ihre Sache kümmern, und jetzt lasse ich Ihnen keine ruhige Sekunde mehr.»

«Machen Sie es kurz, Lefèvre, ich liege im Koma.»

«Es geht um Ihren Flüchtigen, Jean-Baptiste Monetti. Wollen Sie wissen, was er am Tag der Ermordung Ihres kleinen Lieblings getrieben hat?»

«Hören Sie auf, sie so zu nennen, zum Teufel!»

«Teuflisch, das ist das richtige Wort!»

«Rücken Sie jetzt endlich damit raus?»

«Es lohnt sich, durch die Kneipen zu ziehen. Ein Typ vom *Corse-Matin* hat mir erzählt, daß Ihr Jean-Baptiste am Tag X an einem Freundschaftsspiel gegen Sartène teilgenommen hat, er gehört zur Mannschaft der Journalisten.»

Momo schloß die Augen und versuchte, die Tragweite dieser Neuigkeit zu ermessen. Es war ihm lieber, daß dieser Junge Manfred und Elsa nicht getötet hatte. Es war besser für Carla.

«Er ist kein Journalist, aber er arbeitet bei FR 3! Ihnen ist ja aufgefallen, daß er ziemlich schnell ist, was einem Fußballer durchaus zugute kommt!»

«Schicken Sie mir einen Bericht. Meine Chefin muß etwas in der Hand haben, zumal wir im Moment ziemlich überlastet sind!»

«Ich faxe Ihnen das. Aber Sie werden mich sicher sowieso anrufen, wenn Sie das gesehen haben, was ich Ihnen schicke. Nehmen Sie es sich nicht allzusehr zu Herzen, Ihre romantische Ader wird Sie noch zugrunde richten.»

Momo trank seinen Kaffee viel zu heiß, das haßte er zwar, aber er war spät dran. Seine Chefin wartete sicher schon auf ihn. Jetzt hieß es, die Netze nach den dicken Fischen im Adreßbuch des Restaurantbesitzers auszuwerfen. Das ödete Maurice an, er wurde sowieso schon vom kleinsten Stückchen panierten Kabeljau seekrank.

Ein schlechter Plan, die Idee der großen Chefin Aline Lefèvre, bei den Kunden des Restaurantbetreibers aus der Auvergne Haussuchungen anzuordnen. Sie wurden spätestens eine Stunde nach ihrer telefonischen Bestellung via Heimservice mit Stoff versorgt wie andere mit Pizza. «Kaum gedacht, schon gemacht!» Was dachte sich die Hauptkommissarin eigentlich? Dieser Mann war kein Dealer der Mafia, der seine Milliarden beim Crédit Lyonnais wusch. Er belieferte seine Kunden schnell, noch am gleichen Abend, mit kleinen Mengen, die zum sofortigen Verbrauch bestimmt waren. Man würde unter ihnen keinen der führenden Köpfe finden, und wer das Gegenteil glaubte, hatte nicht alle Tassen im Schrank. Was hatte Aline Lefèvre im Kopf? Nichts als Sex?

«Na, sehen Sie, es gibt doch eine Verbindung zwischen meinem Mann aus der Auvergne und Ihren Turteltäubchen aus dem *Moulin Rouge*!»

Momo hatte in der Tat eine Haussuchung bei zwei Tänzerinnen aus dem *Moulin Rouge* durchgeführt, die im Adreßbuch des Restaurantbetreibers standen, hatte Schubladen voller kleiner Höschen und Push-Up-BHs durchstöbert, ohne auch nur die Spur eines Joints zu finden. Nur Dildos und Vibratoren, was Momo zu einigen tröstlichen Überlegungen Anlaß gab. Solche Schönheiten waren genötigt, ihrer Libido mit diesen Apparaten auf die Sprünge zu helfen? Ganz offensichtlich hatte man doch den besten Sex mit sich selbst! Oder sollten die Partner dieser Frauen, die so perfekt waren, wie es sich ein unschuldiger Knabe nur erträumen konnte, der Sache womöglich nicht gewachsen sein und ihre Wurmfortsätze nicht genügend an Höhe gewinnen können? In jedem Fall war es angesichts von Höhenangst beim Aufstieg besser, die Arbeit auf Automatik umzustellen, als das für das Herz gefährliche Viagra zu schlucken! Momo fühlte sich nicht mehr so allein.

«Ich würde hier nicht von einer Verbindung, sondern eher von einem Trennstrich sprechen! Ich habe nichts gefunden, ich sehe keinen Grund zur Freude!»

«Die Medikamentenproben, die beschlagnahmt wurden, sind noch nicht analysiert! Doch einige Pillen erscheinen mir verdächtig!»

«Ich halte nichts von solchen Konstruktionen. Ich bin für das Faktensammeln.»

«Dabei weiß doch jeder, daß das seit der Steinzeit nicht zu den fortschrittlichsten Methoden gehört!»

Momo seufzte, er hatte sich systematisch alle Medikamentenschachteln angesehen, aus jeder nicht hermetisch verschlossenen eine Tablette oder eine Kapsel entnommen. Aber deshalb würde er noch lange nicht nach seinem Tod in das Pantheon aufgenommen werden! Er gähnte. Es war 17 Uhr, er hatte die Nase voll, er dachte wieder an das Paket, das Lefèvre-Mann ihm für den Vormittag versprochen hatte.

«Ich muß mal sehen, ob es Neuigkeiten aus Korsika gibt», sagte er.

Er ging zum Empfang, um sich bei der Sekretärin und

beim Wachposten zu erkundigen. Das Paket war noch nicht angekommen. Momo feilte an seinen Berichten. Der Junge mit dem Mofa. Die Tänzerinnen. Caty kam und schleuderte ihm ihr Lächeln ins Gesicht, als sie ihm erklärte, daß die Tänzerinnen nicht vorbestraft waren. Man bewegte sich auf Neuland, hatte es mit unbeschriebenen Blättern zu tun.

Momo reagierte mit einem seiner Ansicht nach aufmunternden Kopfnicken. Das Mädchen hätte bei der Sicherheitspolizei eine glänzende Karriere vor sich gehabt! Wütend bohrte er seinen Schneidezahn tief in den Bleistift – Härtegrad HB –, bis er die Mine spürte. Sollte das Mäuschen nur weiter auf ihrer Tastatur im Minitel-Infodienst oder im Internet herumklimpern, in dieser Zeit würde sie ihn wenigstens mit ihrer Lachmuskelakrobatik verschonen.

«Und Ihre Analyse über die Rue Gerpil?»

«Beim Lebenslauf von Pasquier bin ich ein gutes Stück vorangekommen. Ich brauche höchstens noch zwei oder drei Tage, um alles zu erfassen, aber er hat Anteile an unglaublich vielen Gesellschaften, von Paris bis Santo Domingo!»

«Ist eine Produktionsfirma für Videos oder Pornofilme dabei?»

«Nein, nichts von alledem, eher Grundstücke, Wohnungen, Häuser, Instandsetzung. Die Hauptkommissarin glaubt, daß wir einer großen Sache auf der Spur sind.»

«Darf ich vielleicht mal einen Blick in Ihre Doktorarbeit werfen?»

«Ich denke, übermorgen.»

Gegen 19 Uhr brachte der Wachposten das Paket aus Korsika. Zwölf Stunden, nachdem der Tag begonnen hatte, und nach einer Nacht, die nicht wirklich zu Ende gewesen war, Momo würde wohl niemals die Arbeitszeitverkürzung kennenlernen! Er packte eine Videokassette ohne Titel oder Hülle aus. Auf keinen Fall würde er sich die hier ansehen, um sich dabei womöglich von seiner blonden Chefin mit ihren bissigen Kommentaren überraschen zu lassen.

Erschöpft kam er bei sich an, sein Laden stank, die Mauern schienen sich mit Regenwasser vollgesogen zu haben. Er bahnte sich einen Weg zu Fernseher und Videorekorder durch das unentwirrbare Durcheinander, das den Boden bedeckte: alle möglichen vergessenen Sachen – von mit Kaffeeresten verfärbte Tassen über ungelesene, alte Zeitungen bis zu dreckigen Hemden. Auf dem Bildschirm erschien zunächst etwas bläulicher Schnee, dann war es eine Sekunde lang dunkel und schließlich, in Großaufnahme, Elsa. Strahlend schön, in voller Blüte, lächelte sie, kindliche Kußhändchen werfend, in die Kamera. Maurice durchlief ein leichter wohliger Schauer. Anhand des Gesichts der Toten und der Fotos, die er in ihrer Wohnung lange studiert hatte, hatte er das Mädchen allmählich kennengelernt. Ihr Gesicht war ihm vertraut. Nachts schlief er häufig mit ihr ein und tagsüber begleitete sie ihn, sobald Carla verschwand. Er fragte sich, von wann die Aufnahme stammte. Sie wirkte ausgesprochen jung, doch vielleicht lag das auch nur am Make-up. Sie trug einen weiten, kurzen, roten Rock. Momo sah wieder den Lackmantel vor sich, mit dem ihr Leichnam bekleidet gewesen war. Rot war ganz offensichtlich ihre Farbe. Er ließ sich in Schuhen und Regenmantel auf sein Bett fallen. Die Bewegungen des Mädchens waren langsam und wohlüberlegt. Sie setzte sich, ganz unschuldig, den Daumen im Mund. Sie winkelte ein Bein an, zog den Fuß an den

Schenkel, dicht an ihr Gesäß. Für einen Moment fragte sich Momo, ob sie keinen Schlüpfer trug, ob es der Schatten ihres Geschlechts war, der sich unter ihrem hochgeschobenen Rock abzeichnete. Mit einem kleinen neckischen Lächeln blickte sie leicht von unten in die Kamera. Dann schob sie den Fuß zur Seite, und die Knospe ihres Geschlechts kam zum Vorschein, schimmerte rosa-braun unter dem schwarzen Schamhaar. Lächelnd und wie zufällig legte sie ihren vom Speichel feuchten Finger dorthin, berührte sich flüchtig und rief: «Karim!» Als sie keine Antwort erhielt, machte sie mit dem Mund ein Geräusch, als wolle sie ein Tier herbeilocken, «komm, komm». Momo begann Lefèvre-Mann zu verfluchen, als er einen Hund ins Bild kommen sah. Ihren Hund! Das Tier, das die Mutter immerzu liebkost hatte! Momo hatte unendliche Mühe zu schlucken. Das Mädchen streichelte den Hund, küßte ihn auf den Kopf, die Schnauze, eine Vorstellung wie aus *Ein Herz für Tiere*, ein Fernsehzuschauerrekord, so ein süßes Mädchen und so ein braver Hund! Dann lenkte sie die Nase des Hundes zwischen ihre Schenkel, zu ihrem zarten Geschlecht, rosa und braun unter dem schwarzen Schamhaar. «Brav, brav, sei lieb, komm, komm». Karims lange Zunge schnellte, schmal und flink, hervor, leckte die Knospe mit einem raschen, breiten Zungenschlag, dann schlabberte und schlabberte er, hastig, wie ein Hund in seinem Wassernapf nach einem kilometerlangen Lauf. Man hörte das feuchte Geräusch dieses großen und weichen rosafarbenen Blattes auf dem glänzenden Geschlecht und Elsa, die ihn, die Augen halb geschlossen, anfeuerte und stöhnte, «guter Hund, guter Hund», Momo hielt es nicht länger aus, er fühlte, wie die Mahlzeiten des gesamten Tages in seinen Magen zurückflossen, sein

Glied war hart, erregt, schmerzte. Er streckte den Arm aus, um die Stop-Taste zu drücken, stand schnell auf und hielt den Kopf unter Wasser.

Im Gewühl des *Sancerre* versuchte er, sich wieder zu beruhigen, die verkrampften Kieferknochen zu lösen. Er ging niemals in dieses überfüllte Bistro. Die neue In-Szene von Abbesses drängelte sich sogar noch draußen auf dem Bürgersteig um Gasheizstrahler. Dichtes Stimmengewirr vermischte sich mit einer rhythmischen, nicht definierbaren Musik, die diese schwarz gekleideten Motorradfahrer und ihre Bräute nicht zu erreichen schien. Die Mädchen hatten dunkelrote Lippen, kräftige Farben zierten ihre Frisuren, grün, blau, er hätte es nicht genau sagen können: auf jeden Fall knallige Farben wie bei Spielzeug! Es stank penetrant nach Shit, und auch wenn Momo wie ein Irrer an seinem Zigarillo zog, schickten die Joint-Schwaden ihn gratis auf den Trip. Er fühlte sich in diesem Lokal wie mitten in der Sahara, ein ungastlicher Ort, an dem er keine Gefahr lief, jemanden zu treffen, und genau das war es, was er brauchte. Er war bereits bei seinem dritten Calvados und fing an, alles verschwommen zu sehen, doch seine Erregung war unverändert stark – die Haut fiebrig, schmerzend, der Unterleib wie elektrisiert, das Geschlecht hart – und er genoß diesen Zustand, wollte ihn vor allem nicht so schnell beenden, nicht sofort die Spuren dieses intimen Sturms in einem Tempotaschentuch abwischen. Ein Mädchen lächelte ihn an, sie hatte ein hübsches, trauriges Gesicht, eine kräftige Nase, sie ließ nicht locker, Momo wandte sich ab, leerte seinen Calvados in einem Zug, er sah bestimmt aus wie ein Irrer, wie ein Mörder, er mußte unbedingt mit Lefèvre-Mann sprechen. Der

Bulle aus Bastia ließ sich sicher gerade irgendwo zwischen der Zitadelle und der Place Saint-Nicolas vollaufen. Maurice verließ das Lokal, rannte geradezu die Rue des Abbesses entlang, um dem Gewühl zu entfliehen. Er schaltete sein Handy ein, doch es ertönte kein Freizeichen, erst an der Ecke zur Rue Lepic bekam er die Verbindung zum Netz.

«Natürlich haben Sie mich geweckt, ‹Mehristweniger›! Sie wissen doch, daß ich keine Frau habe, die mich bekocht und umsorgt. Abends gehe ich einen picheln, und Wein macht schläfrig. Rufen Sie an, um mir von Ihrem Trauma zu erzählen oder um mich auf eine heiße Spur zu bringen?»

«Ich hatte gehofft, Sie könnten etwas Licht in das Dunkel bringen. Denken Sie, Jean-Baptiste hat das gefilmt?»

«Wissen Sie, ich denke nicht, das ist nicht gut für meine Moral. Mag sein, daß er auf den Aufnahmeknopf der Kamera gedrückt hat, aber er war mit Sicherheit nicht derjenige, der die Idee dazu hatte, meiner Ansicht nach ist er nicht in der Lage, ein Mädchen wie Ihren süßen kleinen Liebling zu so etwas zu überreden, ich glaube nicht, daß er der Typ dazu ist.»

«Ich möchte, daß Sie Carla vernehmen, ich habe das Gefühl, sie weiß von diesem Video. Glauben Sie, Sie könnten eine Haussuchung bei ihr durchführen?»

«Sachte, sachte, hm, wenn ich eine offizielle Anweisung aus Paris vorliegen habe, bin ich verpflichtet, der Sache nachzugehen, aber ehrlich gesagt, wir gehen hier wie auf Eiern, und mir wäre es lieber, wir würden nachdenken, bevor wir ins Fettnäpfchen treten.»

«Eier, Fettnäpfchen, ich habe wirklich die Nase voll von Ihren Freßgeschichten, Lefèvre!»

«Unsere Ausbeute ist vielfältig: Snuff-Movies, Pädophilie- und kleine Amateurfilmchen wie die Geschichte mit Ihrer kleinen Heiligen. Ich werde Sie auf dem laufenden halten. Hat meine Teuerste dieses Meisterwerk der Filmkunst schon zu Gesicht bekommen?»

«Noch nicht! Sogar ich habe nicht das Wörtchen ‹Ende› abgewartet, mir ist unterwegs übel geworden.»

«Sie sind zu sentimental, ‹Wenigeralsnichts›! Ich hoffe, Sie haben nicht die Stelle mit der kleinen unschuldigen Zunge ihrer Schutzbefohlenen auf dem voll entflammten Geschlecht dieses armen Hundes verpaßt!»

«Machen Sie sich nicht zu einem größeren Schweinehund als Sie sind, Lefèvre, verdammt noch mal!»

«Vergessen Sie nicht Ihre Taschentücher!»

«Und wenn das Mädchen nun wegen dieses Videos umgebracht wurde? Daran müssen Sie doch auch schon gedacht haben! Ihr Vater ertappt seine Tochter bei dieser ach so hübschen Nummer, er tötet sie, um die Familienehre wiederherzustellen ... Ich habe schon solche Schauergeschichten gelesen ... Im Mittleren Osten gibt's so was! Ihre mediterranen Tragödien, der Ehrenkodex und der ganze Kram! Ich habe sogar schon von einem Bruder gelesen, der seine Schwester getötet hat, weil sie vergewaltigt wurde ...»

«Ich sehe schon, dieser Kurzfilm hat Ihre Hormone ganz schön in Wallung gebracht, mein Lieber, ich habe natürlich schon an diese Möglichkeit gedacht, doch momentan kann ich Ihnen nichts zum Fraß vorwerfen. Darüber reden wir noch mal! Ciao!»

Momo drückte wütend mit dem Daumen auf den Knopf des Handy, ihm war erneut übel, er ging die Rue Tholozé hinauf, kam ganz in der Nähe von Elsas Wohnung vorbei, diesem dunklen und feuchten Appartement, das nach Norden hinausging. Beklemmung schnürte ihm die Kehle zu, legte sich über seinen Brustkorb und seinen Magen bis hinunter zu seinen Schenkeln. Er rannte fast bis zu seinem Laden, zog sich aus und flitzte unter die Dusche. Ein mächtiger Schwanz bäumte sich an seinem Unterleib auf, er drückte ihn mit beiden Händen, so als wollte er ihn erwürgen. Sofort schoß der Samen heraus, und er hatte das Gefühl, sich aus allen Körperöffnungen zu entleeren. Lange Minuten blieb er so reglos unter der Dusche stehen, vor Kälte, Erschöpfung und Trunkenheit zitternd.

Immer noch betrunken, trocknete Maurice sich nach dem Duschen sorgfältig ab und kämmte seine Haare zurück. Frisch gewaschen, wirkte er fast seriös. Er hatte Anna immer noch nicht angerufen. Elf Uhr. Eigentlich war es schon zu spät, doch es würde ihm guttun, ihre Stimme zu hören, dann könnte er einschlafen. Er zögerte kurz und leerte zwei Gläser Schnaps.

«Störe ich Sie? Ist es schon zu spät?»

«So etwas kann auch nur einem Beamten einfallen!»

Maurice setzte alles auf eine Karte, es war ihm einfach egal. Er war prall wie Carlas Busen.

«Sie hatten von einer Massage gesprochen, ich würde nicht wagen, darauf zurückzukommen, aber vielleicht könnten wir demnächst mal zusammen was trinken gehen?»

«Persönlich ziehe ich die Massage vor, was nicht ausschließt, daß wir auch ein Gläschen trinken. Ich trinke Côte-du-Rhône-Gigondas.

«Gigondas, einverstanden... wann wäre es Ihnen recht?»

«In fünf Minuten? Länger brauchen Sie doch nicht, um sich einen Mantel anzuziehen und zur Rue Lepic heraufzukommen?»

Sie ging ganz schön ran, Maurice traute seinem Telefon nicht:

«Geben Sie mir eine Viertelstunde, um mir auch noch eine Hose anzuziehen.»

«Ist die so eng?»

«Für den Gigondas brauche ich ein wenig Bedenkzeit!»

Momo rannte mit einer sauberen Hose am Hintern und nassen Haaren zum *L'Oracle*. Boualem verkaufte ihm einen 96er Gigondas, und Momo versprach ihm, sich dafür zu revanchieren! Er rannte im Laufschritt die Treppen und steilen Straßen hinauf, die vom Goutte-d'Or-Viertel zur Rue Lepic hinaufführten. Nach diesem Marathon kam er schweißtriefend und außer Atem, aber innerlich beruhigt oben an. Seine Lungen brannten vor Anstrengung dermaßen, daß seine Angst verglüht war.

Anna war merkwürdig angezogen, es sah nicht unbedingt nach einem Hausanzug aus. Sie trug eine schwarze Lederhose und eine Weste über einem weißen T-Shirt.

«Manche Kleidungsstücke von Manfred passen mir genau, wir haben praktisch die gleiche Größe.»

Er erinnerte sich daran, daß sie von ihrem Sohn in der Gegenwart sprach, so als wäre er nicht tot, und eigentlich war er für sie auch nicht gestorben, das entsprach nicht ihrer Auffassung vom Tod. Ihr nach hinten gekämmtes Haar ließ sie ein wenig jünger erscheinen, aber Momo fand sie wieder häßlich und alt. Er dachte an Elsa. Das Bild ihres glatten, lächelnden Gesichts ließ ihn nicht los, wie ein Lichtstrahl, der seinen Blick streichelte.

«Ein 96er Gigondas, bravo, das Warten hat sich gelohnt, ich hätte nicht gedacht, daß Sie um diese Uhrzeit so schnell fündig würden!»

«Es ist mein Beruf, mit eher ungewöhnlichen Zeitplänen zurechtzukommen!»

Sie öffnete die Flasche mit einem Korkenzieher mit zwei Hebeln, die den Korken unversehrt ließen, füllte zwei Kristallgläser, und sie stießen an. Momo ging zum Fenster. Paris funkelte bis zum erleuchteten Eiffelturm und den Hochhäusern von La Défense. Er erinnerte sich nicht mehr genau, warum er eigentlich hier war. Einfach, um weit weg von dem Durcheinander und der Feuchtigkeit seines Ladens, weit weg von Elsa, seinem Job und von sich selbst zu sein, und Paris lag ihm zu Füßen. Er war hier, weil er eine Frau treffen wollte, irgendeine, und sie war die einzige, die mit ihm nicht wie mit einem Polizisten, sondern wie von Mensch zu Mensch gesprochen hatte. Er hätte gerne zu ihr gesagt: «Sie müssen mir helfen, Anna, ich brauche Trost». Aber er wußte nur zu gut, daß er es nicht tun würde.

«Ich hatte gehofft, daß Sie kommen würden», sagte sie.

Er wagte nicht, sich umzudrehen, um zu sehen, was für ein Gesicht sie machte. Er stellte sich vor, daß sie zärtlich lächelte. Er dachte an ihre Augen. Er liebte ihre Augen. Der Rest von ihr machte ihm Angst. Sie versuchte nicht, ihm zu gefallen, und er hatte immer mehr oder weniger geglaubt, daß eine Frau dazu da war, zu gefallen. Sie nicht. Allerdings, sie hatte auch in Manfreds Kleidung nichts Männliches, ihre Bewegungen waren harmonisch, leicht, aber gerade soviel Weiblichkeit erschreckte ihn.

«Sie sagen gar nichts?» beharrte sie, und ihre Stimme war sehr sanft, noch sanfter als sonst.

«Sie wissen doch, daß ich mißtrauisch bin.»

«Sie haben recht. Der Wein ist sehr gut, leider hätte

er vorher etwas atmen sollen, so ist es Verschwendung.»

Er beschloß, sich umzudrehen. Sie hatte Manfreds Weste ausgezogen und aus ihrem weißen T-Shirt schauten ihre Arme hervor, von den Schultern an nackt, wohlgerundet und zierlich; sie hatte schöne Arme, straff und gebräunt, man müßte sich hineinkuscheln und nicht mehr bewegen. Er dachte nur noch daran: sich nicht mehr bewegen. Er füllte sein Glas erneut, er hatte das elementare Bedürfnis, betrunken zu sein, nicht mehr er selbst zu sein, denn er konnte diesen an Herz und Schwanz gebrechlichen Bullen, dessen Ausweispapiere er bei sich trug, absolut nicht mehr ertragen.

«Wenn ich Sie massiere, brauchen Sie nicht zu reden.»

«Aber Sie, erzählen Sie mir was?»

«Das ist nicht das Schwierigste. Das Schwierigste wird sein, daß Sie sich ausziehen.»

Ein spöttisches Lächeln huschte über ihr Gesicht. Momo fragte sich, ob er rot wurde. Er fühlte, wie sich in seiner Brust eine Hitzewelle bildete, die bis zu den Haarwurzeln aufstieg.

«Ich muß noch ein bißchen trinken!»

Sie füllte sein Glas. Er trank es in einem Zug aus. Die Stadt glitzerte noch immer, und er entschuldigte sich dafür, die ganze Flasche getrunken zu haben. Sie reichte ihm ein Handtuch:

«Sie können sich das um die Hüften binden.»

Sie ging. Während er sich entkleidete, betrachtete er die Lichter der Stadt. Er war vollkommen betrunken. Die Erregung war wieder da, sein Glied wurde unter dem Frotteetuch steif, und es schien ihm, als würde er um nichts auf der Welt je wieder schlafen können. Anna kam mit einem Flakon in der Hand zurück. Sie war ganz ruhig, als ob das, was sie gerade vorgeschlagen hatte, kein bißchen ungehörig oder unpassend sei. Er folgte ihr in ein blaues Zimmer, in dem zwei Kerzen brannten, es wirkte zugleich morbide und gemütlich. Er wagte es nicht, sich auf dem Bett auszustrecken, er hatte regelrecht Lampenfieber.

«Warum tun Sie das?»

«Weil Sie Trost brauchen, den ich Ihnen geben kann.»

Er dachte kurz daran, daß sie der einzige Mensch war, dem er vertrauen konnte. Doch er mußte sich darauf einlassen. Wie gerne hätte er sich ihre Auffassung vom Tod zu eigen gemacht. Er blieb neben dem Bett stehen mit dem bedrückenden Gefühl, verdammt zu sein. Er erinnerte sich daran, daß sie, als sie bei ihm gewesen war, gesagt hatte, die Angst vor dem Sterben sei nur die Angst, zu sterben, ohne geliebt zu haben und ohne geliebt worden zu sein. Bei diesem Gedanken hätte Momo am liebsten geweint.

«Legen Sie sich auf den Bauch», murmelte Anna kaum hörbar, «und haben Sie keine Angst.»

Es war mehr als Angst, es war ein auswegloser Kummer. Er legte sich auf das Bett, ein ungeheurer Druck lastete auf seiner Brust, eine eiskalte Hand schnürte ihm die Kehle zu, und sobald sein Gesicht im süßen Duft des Bettes versank, flossen seine Tränen ins Laken. Er weinte still. Das war das Einzige, was ihm helfen konnte. Dann fühlte er, wie ihre warmen, öligen Hände sich in sein Fleisch versenkten, seinen Rücken kneteten und seine Muskeln entspannten. Er schlief traumlos, ohne Bilder ein und konnte sich endlich in der Stille einer bläulichen Dunkelheit entspannen. Nur von fern nahm er wahr, daß er umgedreht und auf den Rücken gelegt wurde. Er glaubte, die öligen, warmen Hände zu erkennen, die seine Arme, seinen Körper, seine Schenkel bearbeiteten und ihnen ihre ursprüngliche Form wiedergaben. Nach einem kurzen, tiefen Schlaf fühlte er, wie eine Zunge sein Glied berührte, es umfuhr, ein Mund es umschloß. Elsa kam ihm in den Sinn, Elsa und ihr zartes Geschlecht, ihre süße Blume unter der furchtbaren Zunge des Hundes. Momo hörte sich stöhnen. Als er die Augen öffnete, erschien ihm Annas Gesicht wie eine leuchtende Muschel im flackernden Kerzenschein. Er wünschte sich sehnlichst, seinen Kopf endlich frei zu bekommen. Er hätte heulen können, weil er nicht allein mit ihr war. Wie konnte er auf einen Schlag den Alptraum des Lebens hinter sich lassen, den Verrückten, der zwei junge Menschen im *Moulin Rouge* getötet hatte, Elsas teuflische Ideen, Boualems algerische Gemetzel oder die Verrückten, die fähig waren, einem Menschen mit ihren Zähnen die Kehle durchzubeißen – einfach vergessen? Er streckte seine Hand nach Annas rotem, krausem Haar aus. Die Lust durchströmte seinen Körper, niemals zuvor hatte eine Frau ihn so sanft mit dem Mund geliebt. Er hätte es nie für möglich gehalten, von soviel Zärtlichkeit umhüllt zu werden. Er begann, den Rest des Lebens zu hassen, seinen Job, den Tod, alles, was ihn daran hinderte, hier zu sein, und wirklich nur hier, mit ihr, und er murmelte: «Sie sind schön.» Genau das dachte er auch. Sie war schrecklich schön. Lieben und geliebt zu werden, bevor man stirbt, in dieser Sekunde konnte er daran glauben. Das genügte. Eine einzige Sekunde lang. Er berührte ihre runde, weiche Schulter. Er drang in Elsa ein, in ihre unberührte, feuchte Scheide, die einer zarten Blume glich. Er fühlte die Woge in sich aufsteigen, ein heftiger Orgasmus durchzuckte ihn in mehreren Wellen, und Annas Mund umschloß sein Geschlecht, nahm sein Sperma in sich auf. In einem letzten Anflug von Schuldgefühl hoffte er, sie eines Tages zu verwöhnen, sie glücklich zu machen, obwohl er dazu vollkommen unfähig war, und er brach in hemmungsloses Schluchzen aus, Rotz lief aus seiner Nase und seine Kehle zog sich so sehr zusammen, daß er zu ersticken glaubte.

Er wußte nicht, wieviel Zeit vergangen war. Jemand schüttelte ihn, er hörte sich schnarchen und sah, daß sie sich über ihn beugte. Mit funkelnden Augen lächelte Anna ihn an:

«Du bist eingeschlafen, du mußt nach Hause gehen.»

Er schaute sie verstört an, hauchte einen Kuß auf ihre Lippen. Sie war ihm böse, allerdings nicht so sehr wie er sich selbst! Sie hatte ihn massiert, geleckt und sein Sperma getrunken, und dieser Idiot hatte angefangen zu schnarchen, wie sollte er sich nur ertragen bis zum Tag seines Todes?

«Sie sollen wissen, daß ich Sie erwarte, wenn Ihnen irgendwann nach Liebe ist. Aber jetzt will ich, daß du gehst.»

Wie ein Schlafwandler ging Momo zur Rue Gabrielle hinunter, er war aufgewühlt und wiederholte sich immer wieder diesen Satz: «Sie sollen wissen, daß ich Sie erwarte, wenn Ihnen irgendwann nach Liebe ist.» Er hatte noch nie etwas Verrückteres gesehen als diese Frau, wie sie ihn liebte und tröstete. Er wußte nicht, was er fühlte. Einerseits war er glücklich, endlich jemanden getroffen zu haben, andererseits war er traurig, daß er nicht in der Lage gewesen war, ihr auch nur den geringsten Trost zu spenden.

Als er vor seinem Laden in der Rue Gabrielle ankam,

sah er jemanden vor der Tür sitzen, wahrscheinlich ein Penner. Er trat näher. Es war Rémy, vollkommen fertig und fast eingeschlafen.

«Maurice, ich muß mit dir reden!»

Er sah schlecht aus. Momo ließ ihn eintreten. Er machte das Licht an und kochte Kaffee. Rémy bediente sich aus der Flasche Jack Daniel's. Momo begnügte sich mit einem Kaffee ohne Zucker, seit Jahrzehnten hatte er sich nicht mehr so leicht gefühlt. Seine Verzweiflung war verschwunden. Selbst Rémys Elend, sein vom Alkohol gezeichnetes Gesicht, sein glasiger Blick, seine Verkrüppelung, die pathetische Art, sein Glas zu leeren, all das berührte ihn nicht. Er dachte, daß er irgendwann keine Angst mehr vor dem Tod haben würde, das war möglich, durchaus möglich.

«Es geht um Malikas Neffen», begann Rémy, «er ist achtzehn und hat sich auf schmutzige Geschäfte eingelassen. Sein Vater hat ihn neulich fürchterlich verdroschen, er kann nicht mehr!»

«Und das ist so dringend, daß du dich um zwei Uhr morgens vor meine Tür auf den Gehsteig hockst?»

«Malika ist völlig aufgelöst, es geht ihr so schlecht, seit wir das Baby verloren haben. Ihr Bruder ist der einzige Verwandte, den sie noch hat, er hat sie bei sich aufgenommen, als sie nach Frankreich kam, und dieser Neffe ist für sie wie ein Sohn. Du mußt etwas tun, Maurice, unbedingt.»

Malika ging es schlecht, und wenn es Malika schlecht ging, dann verflüchtigte sich der Sauerstoff aus Rémys Lungen, wich das Leben aus seinen Adern. Anna hätte gesagt: «Das ist nicht meine Auffassung von Liebe.» Maurice sah wieder Annas glückliches Gesicht vor sich, wie sie ihn in ihrem Mund gefangenhielt. Er würde zu ihr zurückgehen, um sie zu lieben. Er mußte es tun. Sonst könnte er sich genausogut auf der Stelle umbringen.

«Erzähl ...»

«Malikas Bruder hat Algerien 1975 verlassen, er arbeitet beim Abschleppdienst, legt Klauen an die Räder falsch geparkter Autos, er arbeitet hart. Areski ist sein Jüngster, natürlich in Frankreich geboren, sie haben ihn verwöhnt, aber jetzt ist er auf Abwege geraten, ich glaube, er hat mit Drogen zu tun. Er arbeitet bei einer Reinigungsfirma ...»

Maurice dachte an die anderen algerischen Emigranten, die später, Anfang der neunziger Jahre, nach Frankreich gekommen waren. Verirrte Opfer. Der in Frankreich geborene Neffe war in einen anderen Alptraum hineingeraten.

«Kannst du ein Treffen mit diesem Jungen arrangieren?» fragte Momo.

«Genau das wollte ich. Du mußt ihn aus diesem Schlamassel rausholen. Das Treffen muß aber heimlich stattfinden, sonst ist es zu gefährlich für ihn.»

Momo konnte sich ein Lächeln nicht verkneifen, und Rémy hielt ihn für verrückt. Maurice wählte Annas Nummer. Sie antwortete sofort mit ihrer zarten, rauhen Stimme. Er hörte sich sprechen, erkannte sich aber nicht wieder:

«Ich werde kommen, wie Sie gesagt haben, das verspreche ich Ihnen, es muß sein. Ich brauche nur noch ein wenig Zeit.»

Es ging ein feiner bretonischer Nieselregen nieder, der einen bis auf die Knochen durchnäßte. Momo ging mit dem Handy am Ohr die Rue Tholozé herunter. Er fühlte sich fast wie ein junger Idiot, der glaubt, daß es eine Elite gibt, zu der er gehört. Endlich konnte er durchatmen. Nach Annas zarten Liebkosungen fühlte er sich wie neugeboren. In der Ferne konnte man Paris unter seinen schmutzigen Ausdünstungen kaum erahnen. Nur das vergoldete Schuppendach des Invalidendoms glänzte schwach wie eine Reißzwecke in einer gekalkten Wand.

Lefèvre-Mann säuselte ihm den Bericht von seiner Begegnung mit Carla ins Ohr. Das Mädchen behauptete, nichts von Elsas Video mit ihrem Hundchen zu wissen, sie war sogar entrüstet, daß man annehmen könnte, sie …

«Ich bin sicher, Sie verstehen nicht, mit ihr umzugehen!» kläffte Maurice.

Ein Mädchen auf Astronautenschuhen drehte sich abrupt zu ihm um und warf ihm einen vernichtenden Blick zu. Sie war es leid, in einer Welt zu leben, die sich in eine Telefonzelle verwandelt hatte. Momo mußte ihr recht geben.

«Glauben Sie, Ihnen hätte sich die Göre sofort ohne BH und Slip offenbart?» spottete der falsche Korse.

«Hauptkommissar, Sie wissen doch, daß ich nicht für Sexparties zu haben bin, auch wenn ich mich zu bessern versuche!»

Momo war sicher, daß Carla ihm vertraut hätte. Vielleicht irrte er sich. Aber sich zu irren, ist nicht unbedingt ein Fehler.

«Wollen Sie nicht wieder herkommen und den Duft der korsischen Macchia genießen?»

«Ich hab hier zu tun, Lefèvre, man amüsiert sich schließlich nicht nur auf Korsika!»

«Stellen Sie sich vor, wir arbeiten hier auch und erzielen sogar Ergebnisse! Einer der Kerle, die wir am Cap Corse festgenommen haben, gibt zu, ihrem kleinen Liebling das Original ihrer Videokassette mit dem Hund abgekauft zu haben. Vor sechs Monaten. Für 20000 Francs. Offenbar hat er gute Kunden für solche Amateurfilme. Für diese Art von Filmen kann man um die tausend Francs pro Kassette kriegen, das rentiert sich!»

«Hat sie ihm noch andere angeboten?»

«Sie behauptete, noch mehr Ideen zu haben, aber er hat nichts mehr von ihr gehört.»

«Weiß er, wo sie das gedreht hat?»

«Er wollte es wohl lieber nicht wissen. Jedenfalls hat er nicht viel zu befürchten, sie ist volljährig, und niemand hat Anzeige erstattet.»

«Kennt er Carla und Jean-Baptiste?»

«Keinen von beiden, obwohl wir ihn ziemlich weichgekocht haben!»

«Ersparen Sie mir die kulinarischen Details, ich weiß, daß Sie eher ein Gourmand als ein Gourmet sind. Bis zum nächsten Mal, halten Sie mich auf dem laufenden.»

Mit zusammengebissenen Zähnen und grimmigem Blick machte Momo einige große Schritte. Ein Unschuldslamm, das selbst seine Unschuld verkauft? Das konnte einem jede klare Vorstellung von Gut und Böse verleiden und gefiel ihm deshalb überhaupt nicht. War Elsa einfach nur kalt und berechnend und zu allem bereit, um vorwärts zu kommen? Hatte man sie deshalb getötet? Weil sie zuviel wollte? Er verzog das Gesicht. Er wußte immer noch nicht, wer eigentlich in der Garderobe des *Moulin Rouge* getötet werden sollte. Elsa oder Manfred? Das korsische Wirrwarr, die Videokassette, Elsas Ehrgeiz, alles deutete darauf hin, daß sie das Opfer war. Daß das Gutachten des Sachverständigen stimmte. Aber Momo wollte es nicht glauben. Elsa war zu Manfred gekommen, um ihm zu sagen, daß sie demnächst seine Garderobiere werden würde... Und sie hatte den Mörder überrascht. Es war, als sähe er die Szene genau vor sich. Manchmal gelang es ihm, Elsa in ihrem nach Norden gerichteten Appartement wieder zum Leben zu erwecken. Eingeschnürt in ihren Lackmantel rannte sie, ein roter Fleck in dem Grau der Straßen, zu der düsteren Schneiderwerkstatt und träumte von Manfred in seinem prachtvollen Kostüm, doch diese Vision verflüchtigte sich rasch und von Elsa blieb nur Carla übrig. Die junge Sängerin sollte nicht das Opfer des Opfers werden. Ob es Lefèvre-Mann gefiel oder nicht, das 21. Jahrhundert in Korsika war keine Wiederholung der griechischen Antike. Der weite und viel zu blaue Himmel, das grelle Licht, das die düstersten Psychen blendete, das Tosen des stets wachsamen Meeres, der Chor der polyphonen Gesänge, der Fluch der Vorväter, der Reigen der Morde älter als die Welt selbst, all das war nur eine Möglichkeit, keine zwangsläufige Entwicklung. Carla würde nicht zur Heldin einer Tragödie werden. Momo würde alles tun, um zu beweisen, daß ihre ermordete Doppelgängerin allein gehandelt hatte. Das Blut der toten Elsa würde sie nicht beflecken. Ehrenwort des alten Bocks!

Mit Schwung stieß er die Tür zur Goldschmiedewerkstatt auf. Ein Klirren über dem Eingang. Der Typ, der aussah wie ein Schmied, betrachtete ihn mit einem gemixten Lächeln: ein Drittel Überraschung, zwei Drittel Freude und ein Spritzer Unruhe.

«Gut, Herr Künstler, seien Sie nett, und erzählen Sie mir etwas mehr über Ihren Job. Sie haben mir Ihre kleine Freundin, ihr ehemaliges Modell etwas zu naiv verkauft, da stimmt die Besetzung nicht ganz.»

«Ich verstehe Sie nicht.»

«Sie machen einen Fehler! Ich habe heute eine Stinklaune! Also, sagen Sie es mir schnell, oder ich schicke Ihnen einige ziemlich unfähige und ungeschickte Bullen zu einer Haussuchung vorbei. Die brauchen geraume Zeit, um Ihr Durcheinander zu sichten, und ich kann sie nicht um Zurückhaltung bitten, die zählt nicht gerade zu ihren herausragenden Eigenschaften. Das könnte ganz schön unangenehm für Sie werden!»

Der Typ ließ seinen Blick über den Schmuck, die Skulpturen, die Bergkristalle, die feinen Silberabfälle, die winzigen Lapislazulisteine, die schimmernden Splitter von Granat und Zitrinen gleiten. Er stellte sich den Zirkus einer Haussuchung vor:

«Was wollen Sie wissen?»

«Ob Sie mit Ihnen über Fotos und Videos gesprochen hat, die sie gedreht hat und die sie verkaufen wollte.»

Er zögerte.

«Sie hat mich gefragt, ob ich Fotografen kenne, die Modelle suchen.»

«Kannten Sie welche?»

«Ich habe ihr zwei Adressen gegeben, Dijon in der Rue Joseph-de-Maistre und Perotin in der Rue du Chevalier-de-la-Barre.»

«Hat sie sie aufgesucht?»

«Keine Ahnung!»

«Ist das alles?»

«Ja, das ist alles!»

«Seien Sie auf der Hut, denn ich komme oft an Ihrem Geschäft vorbei, und ich rege mich ziemlich schnell auf!»

Er knallte die Tür zu, die heftig klirrte. Der Schmied sank hinter seiner Werkbank in sich zusammen. Momo atmete tief durch, ein leichtes inneres Lachen erschütterte sein Zwerchfell, eine winzige Freude am Morgen, die dem grauen Alltag ein Schnippchen schlug, er dachte an Anna, die ihn in ihrem Mund aufgenommen hatte. Hatte er das nicht nur geträumt? Nein, diese Geiselnahme hatte tatsächlich stattgefunden. Er konnte sich sehr genau daran erinnern, und das Wohlgefühl hielt noch an.

Während er die Rue Lepic hinunterging, rief er die kleine Minnie Maus an. Sie sollte herausfinden, ob Elsa Suppini die beiden Fotografen aus der Rue Joseph-de-Maistre und der Rue du Chevalier-de-la-Barre getroffen hatte. Wann? Und was hatte sie ihnen vorgeschlagen?

«Seien Sie nicht zu höflich, sondern erfolgreich, es ist dringend! Ich werde erst heute Nachmittag im Büro sein, wir besprechen uns um 15 Uhr, geht das?»

Von der Straße aus Befehle zu erteilen, beflügelte ihn, und so flog er zur Rue Constance, landete im Haus der Regisseurin des *Moulin Rouge*, die endlich aus Australien zurückgekehrt war.

Susan Penguin war eine üppige, rosige Anglo-Irin in den Wechseljahren, in ein pastellfarbenes Hauskleid aus Jersey gehüllt und ein bißchen aggressiv. Sie war am Vorabend zurückgekehrt und litt noch unter den Folgen des Jetlags, trotz des Melatonins – dieser wundervollen Erfindung! Ihre winzige schmucke Puppenstube war gemütlich eingerichtet, ganz im Chelsea-Stil. *Home sweet home*. Porzellantassen. Doch nichts stank nach Geld. Weder waren die Möbel eine Geldanlage noch trug sie Diamantcolliers um den Hals. Die Garderobenfrau des *Moulin Rouge*, die von ihr behauptet hatte, sie habe zuviel Knete, um ganz koscher zu sein, mußte an Alpträumen leiden.

«Elsa war nicht sehr sympathisch, und ich werde nicht das Gegenteil behaupten, nur weil man sie umgebracht hat. Sie war ein ichbezogenes Mädchen, sehr ehrgeizig, und ich weiß nicht, ob sie das nötige Talent hatte, um berühmt zu werden. Sie hat mir einmal ihre Skizzen gezeigt, ich bin kein Fachmann, aber ich war nicht gerade beeindruckt.»

«Haben Sie von ihren pornographischen Aktivitäten gehört?»

Die Regisseurin zerkrümelte einen Keks und sammelte mit dem angefeuchteten Zeigefinger, dessen Nagel rosafarben lackiert war, einige Krümel auf. Dann verschwand der Finger mit dem auf die Lippen abgestimmten Nagellack in ihrem Mund. Sie schüttelte den Kopf, als würde Momo phantasieren. Er wurde deutlicher:

«Fotos, Videos ... ein wenig schockierend! Anscheinend war sie nicht schüchtern.»

«Ach ja?» sagte sie und schien ehrlich überrascht.

Sie trank ihren Tee in kleinen Schlucken und zeigte sich noch immer überrascht von der Frage. Elsa sei eher solide gewesen. Tänzerinnen und Sängerinnen wurden häufiger mit dieser Art von Vorschlägen konfrontiert.

«Wollen Sie damit sagen, daß sie sich prostituieren?»

«Sie arbeiten als Mannequin oder als Modell, manchmal treffen sie jemanden. Wissen Sie, wir freuen uns, wenn eines unserer Mädchen eine gute Partie macht, das kommt schon mal vor!»

«Daß ein stinkreicher Kunde eine Tänzerin heiratet?»

«Ja. Aber Elsa stand nicht auf der Bühne, und sie war vernarrt in Manfred.»

«Wußte er das?»

«Natürlich, aber er hat nichts dafür getan, ich glaube, er war ein ehrlicher Typ! Absolut kein Draufgänger. Eigentlich lebte er in einer ganz anderen Welt. Er war unser bester Tänzer, trotzdem war er überhaupt nicht eingebildet, hatte keine Allüren, ein echter Profi!»

Auch sie bot ihm einen perfekten Manfred an, es war zum Verrücktwerden! Es war warm in der bescheidenen Wohnung. In kleinen Schalen welkten vertrocknete Rosenblätter vor sich hin. Es gab eindeutig keinen Grund, dem Mädchen aus dem *Moulin Rouge* zu glauben, das über den unglaublichen Reichtum der Regisseurin gelästert hatte. Die Wände waren mit Büchern vollgestellt, darunter einige sehr schöne, alte Exemplare. Auf einem Beistelltisch bemerkte Momo zwei neu eingebundene Bücher: *La rue* und *Pigalle* von Carco. Er erkannte, daß es die Arbeit von Malika war. Es war ein schöner, honigfarbener Einband, gefüttert mit schwarzem Seidenpapier, japanischem zum Verwechseln ähnlich. Das dünne Leder mit seiner feinen Körnung verlieh den beiden Büchern eine klare und reine Form. Wie war es der so hilflosen, so kindlichen Malika möglich, eine solche Arbeit zu vollbringen?

«Lassen Sie Ihre Bücher in der Rue Véron binden?»

«Ich kenne Rémy schon lange!»

Momo nahm die schlechte Nachricht hin, ohne mit der Wimper zu zucken, doch es gefiel ihm gar nicht: Warum hatte Rémy nichts von Susan erzählt? Sie war eine seiner Verbindungen zum *Moulin Rouge* und zu Manfred!

«Ich bin eine sehr gute Kundin von Malika, dies ist ihre letzte Arbeit, sie hat sie mir gebracht, kurz bevor ich nach Australien gegangen bin, ich habe sie noch gar nicht eingeräumt.»

Neben den Bücherregalen betrachtete Momo ein Bild von Utrillo, auf dem die Rue Saint-Vincent dargestellt war. Es war ein Ölgemälde, kein Druck, und wenn es eine Fälschung war, so war sie verdammt gut!

«Verstehen Sie etwas von Malerei? Das ist natürlich eine Fälschung, aber er sieht doch täuschend echt aus.»

Diese Bemerkung konnte sie sich nicht verkneifen, und Momo schien es, als wäre der Ton ihrer Stimme keineswegs so täuschend echt. Er drehte sich zu ihr um. Sie wirkte noch ein wenig rosiger mit ihrem lackierten Fingernagel im Mund. So überließ er sie ihrem Jetlag, ihren welken Rosen und ihrem falschen Utrillo. Es war 10.15 Uhr, er würde zu spät zu seiner Verabredung mit Rémy kommen.

Tatsächlich wartete sein Schulfreund schon an der Place Pigalle vor dem *Chao-ba* in seinem alten R5 auf ihn. Momo kletterte auf den Rücksitz, Rémy fuhr los, er wirkte angespannt:

«Ich habe Areski gesagt, daß ich einen Job für ihn habe. Er braucht ständig Knete. Ich wußte, er würde nicht nein sagen.»

«Warum hast du mir nicht gesagt, daß du die Regisseurin vom *Moulin Rouge* kennst?»

«Du hast mich nicht danach gefragt!»

«Stell dich nicht blöd, Rémy. Hat diese Zuckerschnecke eigentlich viel Geld?»

Rémy schwieg, grummelte, er verstehe diese blödsinnigen Fragen nicht. Es dauerte eine Weile, dann quetschte er schließlich ein ‹er glaube, ja› heraus.

«Der Utrillo in ihrem Wohnzimmer, ist der echt?»

Momo fühlte, wie es seinem Kumpel die Kehle zuschnürte. Er beobachtete im Rückspiegel das Gesicht des ehemaligen Schönlings:

«Na?»

«Er ist echt! Manfred hat ihn ihr verkauft!»

Momo erinnerte sich daran, daß Anna ihm von einem Bild erzählt hatte, das Manfred verkauft hatte, um sie während ihrer Krankheit zu unterstützen.

«Das Geschenk von Philip Leigh! Woher weißt du, daß sie es von Manfred gekauft hat?»

«Ich habe Manfred doch während des Tanzkurses in der Rue Coustou getroffen. Eines Tages hat er mir von diesem Bild erzählt. Er brauchte Geld. Ich wußte, daß Susan eine Geldanlage suchte.»

«Ganz diskret, bar bezahlt, nicht wahr?»

«Ja. Ich habe mich darum gekümmert, es von einem Sachverständigen begutachten zu lassen. Es war ein gutes Geschäft für beide!»

«Und für dich?»

«Ich habe eine Provision gekriegt. Auf jeden Fall war ich Susan das schuldig, sie ist eine gute Kundin. Sie hat sehr schöne Bücher bei mir gekauft. Und sie gibt Malika Arbeit. Ohne sie stünde ich schon seit einiger Zeit auf der Straße.»

Momo verstummte. Rémy hatte ihn angelogen, war er ein alter Freund oder nur eine flüchtige Erinnerung? Freundschaft kann vielleicht zwischen einem jungen, verführerischen Tänzer und einem Kind mit großen staunenden Augen entstehen. Aber zwischen einem heruntergekommenen Alkoholiker und einem griesgrämigen Bullen, der einem alten Bock gleicht?

«Warum hast du nichts gesagt, als ich zu dir gekommen bin, um mit dir über Manfred zu sprechen?»

«Ich wollte Susan nicht in Schwierigkeiten bringen.»

«Dieser kleine englische Biskuit könnte Schwierigkeiten bekommen? Ich fange langsam an, mich für sie zu interessieren!»

«Hier ist es! Da steht er!»

Areski wartete wie vorgesehen an der Ecke Rue du Poteau und Rue du Ruisseau. Momo legte sich auf den Rücksitz. Rémy öffnete die Beifahrertür, Malikas Neffe stieg ein und murmelte kaum hörbar irgend etwas, das wohl eine Begrüßung sein sollte. Dann kam nichts mehr. An den Fenstern des R5 zogen Häuserfassaden, Straßenlaternen, Platanen und grauer Himmel vorbei. Auf dem Autobahnring setzte Momo sich auf. Der Junge zuckte zusammen, als er seine Schulter berührte, sein Blick war unruhig, er hatte Ringe unter den Augen vom Rauschgift, und seine Lippen waren ausgetrocknet.

«Ganz ruhig, mein Junge, wir wollen uns nur in Ruhe unterhalten, ohne Zeugen. Dein Tantchen macht sich Sorgen. Und anscheinend hat sie recht, du hast einen schlechten Umgang, das ist nicht gut für deine Zukunft!»

Auf seinem Handrücken und auf seiner Jacke hatte der Junge Brandspuren, das Rauschgift hatte ihn völlig kaputt gemacht, er war ein alter Mann von 18 Jahren.

Momo sah wieder den anderen Typen vor sich, dem man die Kehle durchgebissen hatte.

«Wie lange nimmst du schon Drogen?»

«He, was soll das? Ich rühr dieses Scheißzeug nicht an!»

«So wie du aussiehst, bist du nicht gerade zimperlich damit!»

Rémy protestierte nicht, er fuhr ziemlich schnell über den Périphérique, und Momo hoffte plötzlich, daß der Trottel ausnahmsweise einmal nicht zuviel getrunken hatte!

«Ich fasse mal zusammen: Du jobst bei einem Reinigungsunternehmen *Propage* und putzt Büros und andere Gebäude ...»

Da fiel plötzlich der Groschen bei ihm, das Reinigungsunternehmen! Das Mäuschen hatte gesagt, Immobilien, Sanierung ... Reinigung, das war praktisch das Gleiche. Als Rémy ihm von dem Job des Jungen erzählt hatte, hatte er nicht daran gedacht. Er war viel zu sehr mit Anna, Elsa und Carla beschäftigt, mit all diesen Frauen, die er so gerne geliebt hätte. Aber in diesem Moment erinnerte er sich, Crack, die Reinigungsfirma, die Wohnungspreise in Abbesses ... Drogen und Immobilien, die beiden Steckenpferde Aline Lefèvres.

«Wer beschafft dir den Stoff?»

«Ich werde Ihnen doch nicht mein Leben erzählen, dem geht's wohl nicht gut!»

«Soll ich dir lieber Handschellen anlegen und dich auf dem Polizeirevier verhören? Das wäre nicht so diskret, aber bestimmt wirkungsvoller. Allerdings weiß ich nicht, ob deine Kumpanen das so gerne sehen würden.»

«Du mußt raus aus dieser Hölle, Areski, ich bitte dich, sonst wird es böse enden!» flehte Rémy.

«Verdammt, aber ich tu doch niemandem was!»

Der Junge schwieg, seine Hände zitterten, jedenfalls würde er sich nicht einfach so geschlagen geben.

«Deine Tante kommt fast um vor Sorge, weißt du!» versuchte es Rémy wieder.

Momo kochte. Der Junge scherte sich doch einen Dreck, weder um seine Tante noch sonst um jemanden, er dachte bestimmt nur an den Typen, der ihm seinen Stoff besorgte, wenn er schön brav war.

«Erzähl mir von deiner Arbeit», murmelte Momo, «machst du manchmal Überstunden?»

«Manchmal gehen wir zusätzlich noch ein paar Gebäude putzen.»

«Rue Gerpil, Nr. 18, sagt dir das was?»

«Nein!»

Das war ihm wie ein Rülpser aus dem Mund gefahren, Momo hatte einen wunden Punkt getroffen!

«Du mußt wirklich einen schlechten Geruchssinn haben, denn deine Geschichten stinken zum Himmel! Also du kennst das Gebäude, im Erdgeschoß ist eine Wohnung besetzt, und hinten im Garten steht ein Häuschen. Ihr laßt da die Sau raus, um den braven Bürgern Angst einzujagen, damit sie woanders hinziehen und ihre Wohnungen schnell und billig verkaufen. Der Typ, dem sie die Kehle durchgebissen haben, kanntest du den?»

Der Junge sagte nichts, aber er zitterte wie Espenlaub. Er wußte über diesen Mord Bescheid. War er Zeuge, Komplize oder Mörder? Momo war kurz davor zu explodieren. Die hilflosesten Opfer, diejenigen, die er am liebsten beschützt hätte, wurden zu potentiellen Schuldigen. Dieser Junge, Elsa, Carla. Alle diese jungen Gesichter verbargen einen Haufen Dreck unter ihrer jungen, collagenstrotzenden Haut.

«Fahr die nächste Ausfahrt raus, Rémy», brüllte Maurice, «und halte auf dem ersten Parkplatz an.»

Momo zwang sich, seine Kiefer zu lockern. Vor Anspannung biß er sich in die Wange. Er gab dem Jungen einen Schlag auf den Hinterkopf, so daß dieser vor Schmerz kurz aufschrie. Als der Wagen auf dem Parkplatz eines Supermarktes anhielt, sprang Maurice aus dem Auto, riß den Jungen von seinem Sitz und drückte ihn gegen die Karosserie, die Hände auf das Dach. Er durchwühlte seine Taschen, fand ein Federmesser, eine winzige Menge Crack und vier kleine, perlmuttschimmernde Pillen, die gleichen, die in den Taschen des Ermordeten gefunden worden waren. Wahrscheinlich das berühmte GHB. Dieses Medikament aus Übersee, das bei der Hauptkommissarin eine ziemlich schlechte Erinnerung an Amerika hinterlassen hatte! Außer sich vor Wut drehte Momo den Jungen um und griff ihm brutal in den Mund. Ein Riß in der Haut begann unter seinen Fingern zu bluten. Der Junge hatte kaputte, gelbe Zähne, einen ekelhaften Mundgeruch, aber keine Brücke über den linken Backenzähnen. Maurice warf Areski auf den Beifahrersitz und machte Rémy ein Zeichen, er solle ohne ihn weiterfahren. Er brauchte frische Luft und würde zu Fuß zurückgehen. Rémy stieg aus, außer sich vor Enttäuschung ging er auf Momo los:

«Ist das alles?»

«Nein, das ist gar nichts! Aber du hättest dich da besser rausgehalten, denn wenn dein Neffe wegen Beihilfe zum Mord eingelocht wird, glaube ich nicht, daß sich Malikas Stimmung bessern wird!»

«Du bist wirklich ein Mistkerl!»

«Verdammt noch mal, du bittest mich, in schmutzigen Geschichten herumzuwühlen, und ich tue es! Ich glaube, daß dein kleiner Schützling nicht weit weg war, als einer seiner Kollegen in der Rue Gerpil umgebracht wurde. Aber vielleicht ist das nur die Intuition eines paranoiden alten Mannes, der vom Pessimismus aufgefressen wird. Wenn du das Leben in allen Farbschattierungen siehst, kannst du irgendwann nur noch schwarzsehen, und das sage ich nicht nur, weil ich farbenblind bin!»

Momo betrat das Büro seiner Chefin, um ihr Elsas Video zu geben, doch Aline Lefèvres Gesichtsausdruck ließ ihn innehalten. Ihre Stimme hatte den lieblichen Klang einer Metallsäge bei der Ausführung eines komplizierten Arbeitsvorgangs:

«Von den festgenommenen Kunden des Typen aus der Auvergne behauptet einer, die Tänzerinnen des *Moulin Rouge* würden gegen Bezahlung an sehr speziellen Abendgesellschaften teilnehmen.»

«Das ist doch kein Geheimnis! Das habe ich von jedem gehört! Außerdem ist das doch nicht verboten!»

«Was in diesem Zusammenhang überrascht, ist, daß ein gewisser Rémy Gagnon als Vermittler, mit anderen Worten als Kuppler fungieren soll. Was schon weniger erlaubt ist.»

Momo fühlte, wie ein Insekt in seiner Brust umherschwirrte, er sah den angefeuchteten Finger der rosigen Zuckerschnecke, wie sie die Krümel von ihrem Keks aufsammelte. Susan und Rémy – durch das Geld miteinander verbunden, sie half ihm, zu überleben, er Kunden für ihr Frischfleisch zu finden, sie gab Malika Arbeit, Rémy schlug der Engländerin einträgliche und nicht zu offensichtliche Geldanlagen vor – seltene Bücher, Gemälde großer Meister –, um die Einnahmen zu verschleiern, die ihr das kleine Kupplergeschäft einbrachte. Ein sehr einfacher Deal: wenn eine Tänzerin sich weigerte zu kooperieren, konnte man sie ohne Probleme feuern! Momo hielt sich an seinem Zigarillo fest, um nicht zu schwanken, Aline Lefèvre hatte seine Verwirrung registriert, und ihre Augen färbten sich mit einemmal pechschwarz:

«Sie haben im Rahmen der Untersuchung zum Fall *Moulin Rouge* selbst einen Jugendfreund vernommen. Ein schwerer Fehler!»

Sie wartete auf eine Entschuldigung, ein *mea culpa*, aber es kam nicht.

«Ich habe die Nase voll von Ihren dämlichen Marotten, Sie sehen doch, daß die Festnahme des Mannes aus der Auvergne und seiner Kunden zum *Moulin Rouge* führt! Die Tänzerinnen verwenden GHB für ihre feinen Spielchen, ich habe soeben die Ergebnisse Ihrer Haussuchung bekommen! Auch bei den Pillen, die bei dem Mädchen aus dem *Pigall's* gefunden wurden, dem Sie damals nachts gefolgt sind, handelt es sich um GHB. Aufmachung und Zusammensetzung sind verschieden, aber es handelt sich wahrscheinlich um den gleichen Hersteller wie bei den Medikamenten, die in den Taschen Ihres Toten mit der durchgebissenen Kehle gefunden wurden! Ihr Doppelmord kann also durchaus eine Geschichte sein, die mit Sex oder Drogen zu tun hat!»

Momo fühlte sich schlecht, er hatte die perlmuttschimmernden Pillen, die er bei Areski konfisziert hatte, mit keinem Wort erwähnt, und er würde sie auch nicht erwähnen. Das konnte er Rémy nicht antun! Doch Alines beschissener Fischzug war gar nicht so blöd, wie es den Anschein gehabt hatte.

«Und was sagt das falsch medikamentierte Mädchen?»

«Sie ist flüchtig! Sie ist uns entwischt, doch wir werden sie schon wieder aufstöbern!»

Man hatte das Mädchen verhört und anschließend mit der Auflage frei gelassen, sich für die Polizei zur Verfügung zu halten. Sie hatte es offensichtlich vorgezogen, sich zu ihrer eigenen Verfügung zu halten.

Aline Lefèvre hing mit düsterem Blick ihren dunklen Gedanken nach, sicher dachte sie an die Vergewaltigung, der sie in Berkeley zum Opfer gefallen war und für die sie nun hier, am anderen Ende der Welt, viele Jahre später, Genugtuung verlangte.

«Diese verdammten Drogen sind im Viertel viel zu leicht zu bekommen, Sie können auf mich zählen, das wird sich wieder ändern.»

Sie seufzte. Sie war bleich, angespannt, weniger großspurig als gewöhnlich.

«Ich fahre für zwei Tage weg, kein günstiger Zeitpunkt, das gebe ich zu, aber es geht nicht anders.»

Momo dachte nicht einmal daran zu schmunzeln. Er wußte von Caty, daß ihr Schatz vom Finanzministerium sie ihren Eltern vorstellen wollte. So eine Art offizielle Verlobung in der Nähe von Chambord. Das würde sicher nicht so amüsant werden wie ihre Sexparties!

«In der Zwischenzeit untersage ich Ihnen, Ihren Freund wie auch immer zu warnen, andernfalls hetze ich Ihnen die Dienstaufsicht auf den Hals…»

Maurice zählte die Falten auf seiner Hand, einer alten Hand, die es leid war zu gehorchen und irgendeinen Scheiß machen zu müssen.

«Bei meiner Rückkehr möchte ich, daß Sie vorangekommen sind, sowohl im Fall *Moulin Rouge* als auch in der Mordsache in der Rue Gerpil, wenn nicht, werde ich ernstlich wütend werden, ich habe die Nase gestrichen voll!»

Maurice hatte den Kopf eingezogen, er wartete, daß es vorüberging. Es war vorüber. Er ging hinaus mit seiner Videokassette in der Hand. Schade, nun würde die Nervensäge nichts von den Großtaten der Kleinen mit ihrem Hundchen zu sehen bekommen.

In seinem Büro wurde er vom Läuten des Telefons empfangen, er nahm ab und hörte die zarte und rauhe Stimme von Carla. Sie war in Paris und wollte mit ihm sprechen. Momo wurde ganz warm ums Herz, das Mädchen vertraute ihm, nicht dem Trunkenbold aus Bastia. Während er sich seine Weste schnappte, hatte Momo noch Zeit, sich zu sagen, wenn er mit seinen Heimlichkeiten so weitermachte, könnte er den Polizeidienst bald quittieren.

Er nahm ein Taxi zum Bataclan-Café an der Place de la République. Carla erwartete ihn im hinteren Teil des Bistros, ihr blauschwarzes Haar betonte ihre Blässe. Sie erzählte Momo, und zwar wirklich nur ihm, weil die anderen Polizisten sowieso nichts verstanden, daß Elsa Jean-Baptiste quasi gezwungen hatte, ihr seine Ausrüstung zu leihen, um dieses verdammte Video zu drehen.

«Jean-Baptiste hatte sich ein Studio eingerichtet. Er hatte nach und nach die Ausrüstung gebraucht gekauft.»

«Zum Teil mit Unterstützung seiner Freunde von den korsischen Autonomisten, denn sogar diese Leute sorgen sich um ihr Image, oder?»

«Natürlich, er kannte Leute, er wußte, er würde ein rentables Geschäft daraus machen können.»

«Und Elsa bat ihn, ihr sein Studio zur Verfügung zu stellen?»

«Man konnte ihr einfach nichts abschlagen. Jean-Baptiste war ganz vernarrt in sie. Sie sagte, sie bräuchte Geld, um nach Paris ziehen zu können und sich dort Arbeit zu suchen.»

Ja, das war es! Elsa hatte dieses Video zwei Jahre vor ihrem Tod gedreht, deshalb war sie ihm so jung vorgekommen!

«Sie hat das Video ganz allein aufgenommen. Er hat die Beleuchtung eingerichtet und ist gegangen. Er wußte nicht, was sie machen wollte, und Jean-Baptiste mochte es auch nicht wissen...»

Momo glaubte ihr nicht. Daß Elsa alles eingefädelt hatte, das ja, allmählich lernte er sie kennen, das ehrgeizige Mädchen ohne Skrupel, die alles andere als ein Engel war.

«Ich möchte Ihnen gerne glauben, Carla», begann er.

Wieder genoß er jenen köstlichen Moment, in dem er sie bei ihrem Vornamen nannte, als ob sie Freunde sein könnten, wenigstens das eine Mal, einfach so, ganz beiläufig.

«...doch ich glaube, daß Elsa Ihnen zeigen wollte, wozu sie fähig war. Sie brauchte Sie als Komplizin, und Jean-Baptiste, und Sie haben sich davon nicht wieder erholt. Seither hingen Sie wie Kletten aneinander, um dieses Geheimnis und die verrückte Liebe miteinander zu teilen, die Sie beide für Elsa empfanden.»

Tränen liefen über Carlas bleiche Wangen. Maurice verkniff es sich, sie ganz väterlich in seine Arme zu schließen. Ja, es hätte ihm gut getan, für ein paar Sekunden eine Tochter zu haben, denn er hatte niemanden, nicht einmal mehr seinen Vater, kaum noch eine Mutter, und er wagte es nicht, an Anna als jemanden zu denken, der tatsächlich existierte.

«Sie hat mich gezwungen zu bleiben», gab Carla zu und ließ ihren Tränen freien Lauf. «Jean-Baptiste hat an jenem Tag gearbeitet. Es hat einen ganzen Tag gedauert, ich konnte nicht mehr. Der Hund war es leid, es war schrecklich. Ich konnte es nicht für mich behalten. Ich habe Jean-Baptiste alles erzählt. Deshalb kam es bei ihr zu Hause auch zu diesem Streit, von dem die Nachbarn Ihnen erzählt haben. Jean-Baptiste war wütend, er war noch nicht lange wieder aus dem Knast, er hat ihr gesagt, wenn er ihretwegen Ärger bekommen würde, würde er es ihr heimzahlen. Er haßte die Vorstellung, für einen Zuhälter gehalten zu werden.»

Momo dachte an Rémy, und ein eisiger Schauer lief ihm über den Rücken.

«Ich werde Sie nicht im Stich lassen, Carla, das verspreche ich Ihnen.»

Er erklärte, daß sich Lefèvre, der Hauptkommissar aus Bastia, mit dem Fall befassen würde. Daß er selbst aber Punkt für Punkt auf dem laufenden gehalten werde.

«Sie müssen mir vertrauen, Carla. Sie werden Jean-Baptiste dazu bringen, sich zu stellen. Sie werden Ihre Aussagen machen. Die Polizei hat die Vertreiber dieser Kassette festgenommen. Elsa war volljährig, es ist nie Anzeige erstattet worden, Sie haben nichts zu befürchten. Sie haben alle beide ein hieb- und stichfestes Alibi für Elsas Todestag. Die Ermittlungen werden Ihre Unschuld beweisen.»

Carla sah ihn bestürzt an. Sie war doch nicht den weiten Weg hierher gekommen, um sich so etwas anzuhören!

«Sie Mistkerl! Sie haben mir gesagt, ich kann Ihnen

vertrauen, und Sie wollen, daß ich mich stelle? Das ist doch zum Kotzen!»

«Carla, ich versichere Ihnen, das ist wirklich das Beste. Jean-Baptiste riskiert viel, wenn er sich der Justiz entzieht, Sie dürfen sich daran auf gar keinen Fall beteiligen.»

Momo dachte, daß er wohl nicht zum Wohltäter geboren war! Carla, Areski. Rémy, sein einziger Freund aus Kindertagen, den er gerade im Stich ließ. Nicht mit ihm zu sprechen, war auch eine Möglichkeit einen Kerl in den Selbstmord zu treiben. Noch dazu jemanden, der körperlich am Ende und, dem Alkohol verfallen, kurz vor dem Ruin stand, mit einer Frau, die nicht ganz richtig im Kopf war. Die schöne Sängerin hatte recht, Kommissar Maurice Laice war zum Kotzen. Carla und Jean-Baptiste gingen das Risiko ein, auf schlechtgelaunte korsische Polizisten und Richter zu treffen, die nicht in der Lage waren, die Mörder hoher Beamter zu schnappen und die Spinnfäden zu entwirren, die die französische Regierung, die Mafia, die Terroristen miteinander verbanden. Zwei Lämmer als Sündenböcke anstelle des gebratenen Schafs der korsischen Tragödie. Carla als Heldin von Sophokles. Gefangen in den Netzen des Unmöglichen, in der Sauce des Schicksals schmorend, geopfert, um die Götter wegen des Todes ihrer beinah Schwester gnädig zu stimmen.

Momo trank seinen letzten Schluck Desperado, dieser hatte einen miesen Beigeschmack. Monsieur Wohltäter glaubte zu verfaulen. Und dabei tat er doch sein möglichstes. Und er hoffte! Was bei einem Verzweifelten ein sehr schlechtes Omen war!

Er meinte, sich von Carla losreißen zu müssen. Er ließ sie zu ihrem schäbigen Hotel an der Porte d'Orléans gehen, ohne ihr überhaupt vorgeschlagen zu haben, mit ihm zu Abend zu essen. Er fühlte sich ihr zu nah, als sei sie ein Patenkind, das das Schicksal ihm zugedacht hatte, und die Vorstellung, sich einen weiteren Schritt auf sie zuzubewegen, erfüllte ihn mit Furcht. Sein Beruf hatte ihn gelehrt, im Dienste der Toten zu stehen, doch es kostete viel Kraft, das ganze Jahr mitanzusehen, daß die Toten nur starben, um den Lebenden Scherereien zu machen, die ohnehin schon genug Sorgen hatten. Momo würde alles tun, damit Elsa mit ihrem Tod zurechtkam, die Einsamkeit ihrer Taten in ihrer Graburne ertrug. Momo bewegte sich von nun an auf Elsas Mörder zu mit Carla auf seinen Schultern. Eine Carla, die wieder würde singen können, die die Gewölbe von Hallen und Kirchen zum Klingen brächte, ohne vor ihrem Schatten Angst zu haben.

Im Büro war Caty, das Mäuschen, noch auf ihrem Posten, eine muschelförmige Kaffeetasse vor ihrer Nase. Sie zeigte ihm ihre Zähne, er hätte sie zählen können, sie schien wesentlich mehr davon zu haben als die meisten anderen Leute.

«Und, was hat die Überprüfung der Fotografen ergeben?» fragte er.

«Sie waren sehr zurückhaltend, doch sie hatten offensichtlich große Angst, daß ich meine Nase in ihre Unterlagen stecke, ich glaube, die sind nicht ordnungsgemäß geführt...»

«Machen Sie es kurz!» schnauzte Momo, der genau wußte, wohin der bürokratischen Wahn des jungen Mädchens führen konnte.

«Sie haben in der Tat Fotos von Elsas Video kopiert und sie ihr für 3000 Francs das Stück abgekauft!»

Momo nickte. Es war nun wirklich kein Mordmotiv,

sodomitische Fotos zu verkaufen, doch es würde helfen, Carla zu entlasten. Das war wichtiger als alles andere.

«Ich möchte einen Bericht, die Fotos und unterschriebene Zeugenaussagen.»

«Und die Kopie schicke ich nach Bastia?»

«Sie nehmen mir das Wort aus dem Mund! Erinnern Sie sich, ob es bei den Gesellschaften, in denen Ihr Pasquier Aktionär ist, eine Reinigungsfirma gibt? *Propage*?»

Er hörte nichts. Caty lächelte nicht einmal.

«Das sagt mir nichts!» meinte sie.

«Überprüfen Sie das bitte, es ist superwichtig.»

Sie tauchte ein in das eisige Blau ihres Computers, während er Lefèvre-Mann anrief. Der falsche Korse sah sich gerade ein Fußballspiel im Fernsehen an, um sich von seinen Erfolgen zu erholen, die ihn ein wenig zu übermütig hatten werden lassen. Die Zeitungen berichteten in großen Schlagzeilen von der Zerschlagung eines Rings, der mit pornographischem Bildmaterial handelte, darunter Pädophilie- und Snuff-Movies. Saftige Gewinne, das konnte man wohl sagen. Filme, Videokassetten, Internet sponnen seidene Stränge zwischen den USA, Osteuropa, Korsika, Sizilien. Es hatte neun Verhaftungen gegeben: vom Industriellen mit Mega-Steuerbescheid bis zum kleinen Abgeordneten, einem Nachfahren der großen Zuhälter aus der Zeit der Jahrhundertwende, vom verschuldeten Beamten bis zum Star aus dem Showbiz, deren Haus direkt an einem Privatstrand lag, der niemals bombardiert worden war, so hoch war die Revolutionsteuer.

«Kurz und gut, ‹More is less›, keine Sorge, das Amateurvideo der Kleinen ist bloß ein im Indischen Ozean ertrunkener Goldfisch.»

Momo erklärte nun, daß er mit Carla gesprochen hatte und sie mit Jean-Baptiste aussagen würde:

«Es ist wirklich nicht nötig, diese beiden Kinder allzu hart anzufassen, Hauptkommissar!»

Lefèvre machte sich eindeutig lustig über ihn:

«Wir wissen ja nun, daß Sie verknallt sind, ‹Wenigeralsnichts›! Nehmen Sie sich in acht, die korsischen Gesänge sind die Gesänge der Sirenen! Seien Sie ganz unbesorgt, wir werden sie mit Samthandschuhen anfassen, Menschen im Dienste der Menschheit, eine echte Reklame für die Polizei!»

Momo bedauerte es, Carla gebeten zu haben, sich zu stellen, doch früher oder später hätten Lefèvre und seine Männer Jean-Baptistes Studio entdeckt, bewiesen, daß das Video dort gedreht worden war, und irgendein kleiner Bulle aus einem weniger verminten Gebiet als Korsika hätte das Studio durchkämmt.

«Sie werden außerdem einen Bericht erhalten, in dem steht, daß Elsa Suppini Fotos aus diesem Video in Paris selbst vermarktet hat. Sie war eine Frau mit Köpfchen!»

«Nicht nur das, wenn ich an einige weniger kopflastige Darbietungen denke.»

«Sie gehen mir auf die Nerven, Lefèvre! Alles zielt darauf ab, zu beweisen, daß sie in Eigenregie handelte und unsere beiden Turteltauben nichts damit zu schaffen haben.»

«Sie lassen nicht locker, oder bilde ich mir das nur ein?»

«Ja, da haben Sie recht. Wenn die beiden Ärger bekommen, werde ich mich ganz fürchterlich aufregen, ich sage Ihrer Ex, daß Sie noch immer von ihr träumen, kurzum, ich werde Sie ganz schön in die Scheiße reiten!»

«Sie wissen doch, daß der Bogen nicht immer die Scheibe trifft, auf die er zielt?»

«Ist das ein griechisches Sprichwort?»

«Nein, ein lateinisches.»

«Und wenn wir uns noch ein kleines bißchen anstrengen, bringen wir es zur italienischen Komödie, ja? Ich habe die Nase voll von Tragödien!»

«Auch ich hab die Nase voll von der Tragödie. Ich ziehe wieder in den Norden. Dieser große Fang könnte mir eine Beförderung einbringen. Wenn ich bei der Kripo zu den hohen Tieren aufsteige, habe ich vielleicht Gelegenheit, meiner Exfrau auf den Wecker zu fallen, ich glaube, das würde meine Laune erheblich steigern. Und ich könnte Sie in meine Truppe aufnehmen, ‹More is less›. Sie sind viel intelligenter, als Sie aussehen, man sollte Sie ‹Less is more› nennen!»

«Less is more» legte beruhigt auf. Carla würde davon kommen. Er feierte diese Hoffnung mit einem Bourbon. Carla war entlastet, die ganze schwarze mediterrane Niedertracht verschwand mit Elsas weißer Asche.

Er rief Anna an. Auf dem Anrufbeantworter war Manfreds Stimme zu hören, eine warme, eher fröhlich klingende Stimme, und diese so lebendige Stimme aus dem Jenseits ließ sein Blut gefrieren.

«Das ist es, ich glaube, ich hab was gefunden!» kreischte auf einmal die Maus, die ganz bleich vor ihrer Tastatur saß.

«Ich höre!»

«Also, Pasquier ist nicht Aktionär bei *Propage*, sondern ein gewisser Raoul Grave hält die Mehrheit. Doch dieser Raoul Grave könnte durchaus ein Strohmann von Pasquier sein. Beide Namen tauchen bei mindestens fünf Gesellschaften auf. Rein zufällig ist Raoul Grave ebenfalls Besitzer dreier Appartements im Haus in der Rue Gerpil und Teilhaber der Gesellschaft, die unseren Toten mit der durchgebissenen Kehle aus der Rue Gerpil, Hubert Laboureur, beschäftigte.»

«Und die beiden Appartements, die Pasquier in der Rue Gerpil besitzt?»

«Werden von Nutten, von Dealern bewohnt! Die Eigentümer der anderen Appartements haben die Nase voll, sie verkaufen. Seit drei Jahren wurden alle Käufe nur noch von Immobiliengesellschaften getätigt.»

«Und Pasquier ist jedesmal mit von der Partie?»

«Nicht automatisch, doch muß man das mit den Strohmännern abchecken, es ist nicht auf den ersten Blick zu erkennen.»

Momo saugte an seinem Zigarillo. Aline Lefèvre hatte die Sache womöglich richtig eingeschätzt. Die Preise in Abbesses stiegen. Das Viertel verjüngte sich zusehends. Auf der zerbrechlichen Hülle, unter der sich die alten Steinbrüche der *Butte* verbargen, ließ sich jede Menge Knete machen. Die Interessenverbände der Anwohner konnten sich ruhig gegen die Baulöwen auflehnen, die ihre Kohle auf diesem Schweizer Käse machten, bei dessen Zusammenbruch Montmartre für immer von der Karte zu verschwinden drohte, der Immobilienhandel boomte rund um das Sahnebaiser Sacré-Coeur. Auf diese Weise wurde die *Butte* zu einer kompletten Mahlzeit, mit Käse und Dessert.

«Offensichtlich legt Vater Pasquier hundert Meter vom Théâtre des Abbesses und einem In-Viertel entfernt, mit Garten und Blick auf den Pariser Westen, gerade ein kleines Vermögen auf die hohe Kante», brummte Momo.

Die Chefin würde zufrieden sein, ihr Grundstücksbetrug begann Gestalt anzunehmen! Und die Ärmste machte gerade den Kratzfuß bei ihrer Schwiegerfamilie, eine Aufgabe, bei der man sich leicht den Knöchel verstauchte! Caty lächelte nicht mehr. Trotzdem war sie eher stolz auf sich:

«Ich bin in das Maklerbüro von Pasquier gegangen und habe so getan, als wollte ich eine Wohnung im Haus in der Rue Germain-Pilon kaufen. Denn bestimmt ist er derjenige, der die meisten Verkäufe abwickelt. Man hat mir abgeraten. Ein Haus mit einem schlechten Ruf. Es ist eigenartig, daß es Pasquier nicht stört... Während ich gewartet habe, konnte ich mir seine Visage genauer ansehen.»

«Verführerisch?»

«Wenn er noch häßlicher wäre, müsste er wahrscheinlich einen Waffenschein beantragen.»

«So schlimm?»

«Ja!»

«Und dieser Notar, der seine Kanzlei im Erdgeschoß in der Rue Gerpil hat, wo Laboureur die Kehle durchgebissen wurde?»

«Den konnte ich mir noch nicht vornehmen. Er ist seit zwei Wochen im Urlaub. Er kommt in drei Tagen zurück.»

«In Ordnung. Auf jeden Fall bedeutet das, daß Pasquier über einen Notar und Strohmänner nach und nach zum Mehrheitseigner an diesem Miteigentum in der Rue Gerpil wird.»

«Genau!»

Nun war es an Momo zu lächeln. Caty im Büro und er draußen, das war letzten Endes gar nicht so schlecht. Die Menschen waren eben verschieden, und daran würde auch er nichts ändern können – schon gar nicht mit Papierkram! An einen Schreibtisch gekettet zu sein, um Listen zu erstellen, hätte seine Lebenserwartung um fünfzehn Jahre gesenkt! Er dankte dem Mäuschen:

«Caty, Sie sind großartig!»

«Ein Riese sieht weiter, wenn er auf den Schultern eines Zwerges steht!»

Momo zögerte. Wies sie ihm die Rolle des Zwergen oder die des Riesen zu?

«Es ist natürlich etwas übertrieben zu denken, ich würde Sie auf meinen Schultern tragen, das weiß ich.»

Dieses Mal war ihr Lächeln bescheiden, fast normal, und bei dem Gedanken, als Riese angesehen zu werden, fühlte Maurice, wie sich seine Backenmuskeln ein Stretching gönnten. Baggerte ihn die Maus etwa an? So etwas war ihm seit seiner Militärdienstzeit nicht mehr passiert. Das hatte er wohl Anna zu verdanken.

«Wir haben doch bestimmt Pasquiers Adresse, oder?»

«Avenue Junot, Nr. 17!»

«Und die von Grave?»

«Er ist in der Rue Gerpil gemeldet, aber die Nachbarn haben mir gesagt, daß er nie da ist. Ich werde versuchen, ihn dort anzutreffen.»

«Gut, also morgen, meine Kleine, wird nicht im Bett rumgegammelt, sondern eine kleine Beschattung veranstaltet! Um 7.30 Uhr vor der Avenue Junot Nr. 17.»

Es genügte, rund um Pasquier die Maschinerie anlaufen zu lassen. Vorsichtig. Ihm unauffällig folgen. Vor allen Dingen nicht die Nerven verlieren. Momo verließ die Maus und das Büro, zufrieden, ein armer, bedauernswerter Kerl zu sein, der hoffte, Carlas Lächeln zu verdienen.

Als er in der Nähe von Lamarck-Caulaincourt war,

sah er Malika, ein Paket an sich gedrückt, geistesabwesend und gespenstisch wie immer, die Treppen hinaufsteigen. Momo dachte an Rémy, den er nicht besucht hatte, wie ein braver kleiner gehorsamer Bulle, der er nicht sein wollte.

Bei ihm zu Hause war es entsetzlich kalt und feucht, er ließ sich ein ordentliches Ölbad ein. Er tunkte seinen Hintern in die Wanne und aß Thunfisch im eigenen Saft gleich aus der Dose. Er duschte, doch auch das half nicht, seine Müdigkeit zu beseitigen. Er hatte seit Bastia nicht mehr mit seiner Mutter gesprochen. Als er sie anrief, antwortete sie gleich beim ersten Klingeln mit klarer, fast jugendlich klingender Stimme:

«Mir geht es gut, mein Lieber. Du mußt mich unbedingt besuchen kommen, ich habe mit dir zu reden.»

«Ich bin im Moment völlig überlastet, das wird schwierig. Was ist los?»

«Ich möchte nicht mit dir am Telefon darüber reden.»

«Mama, bitte!»

«Ich möchte dir jemanden vorstellen. Gabriel! Weißt du, ihm gehört der kleine Supermarkt an der Place de la République.»

«Kenn ich nicht.»

«Ich werde vielleicht wieder heiraten, Maurice, er ist so nett zu mir. Weißt du, mit deinem Vater war es nicht immer einfach!»

Momo blieb die Spucke weg. Daß die Mutter eines so alten Mannes wie ihm, daran dachte zu ... Er sah wieder den von seinem Vater gerahmten Spruch über dem Küchenbuffet: «Die Liebe ist stärker als der Tod!»

«Du sagst nichts?»

«Ich sage nichts, Mama, aber, das ist in Ordnung,

völlig in Ordnung, ich verspreche dir, ich werde so bald wie möglich kommen!»

Er legte auf. Dieses Mal war er erledigt! Sogar seine Mutter machte sich auf und davon, er hatte niemanden mehr. Er hinterging Rémy und verzichtete auf Carla. Er trank mehrere große Schlucke aus der Jack-Daniel's-Flasche, als hoffte er, seine Tage als Wurm, eingelegt in einer Schnapsflasche, zu beschließen, und verkroch sich mit seinem Kamel ins Bett.

Aus der Ferne, in den Dünen, lächelten ihm Carla und Anna zärtlich aneinanderschmiegt entgegen. Er ging auf sie zu. Seine Beine versanken im Sand. Als er fast bei ihnen war, verwandelte sich das Lächeln auf ihren Gesichtern zu blutenden Wunden und ihre Augen wurden starr und ausdruckslos, beziehungsweise tot! Eine weitere Wunde klaffte in der Bauchgegend, große saubere Schnitte, aus denen Blut floß. Aus den Verletzungen drang ein entsetzlicher, durchdringender Lärm, der nicht aufhören wollte.

Sein Traum war zu Ende, als er den Telefonhörer abnahm, er war schweißgebadet. Die roten Ziffern des Radioweckers zeigten 4.30 Uhr, er hatte nicht die Zeit, sich darüber zu freuen, dem Alptraum entronnen zu sein!

«Wir haben eine Leiche am Hals, Kommissar, und da die Chefin nicht da ist, müssen Sie sich wohl zum Tatort bemühen.»

Momo hätte es vorgezogen, zu seinem schrecklichen Traum zurückzukehren, doch der Polizist war wahrscheinlich Teil des Alptraums. Ein entsetzlicher Gedanke schoß ihm durch den Kopf: Carla! Man rief ihn an, um Carlas Tod zu melden!

«Wer ist es?» brüllte er, überrascht darüber, daß er

gleich nach dem Wachwerden soviel Energie verschwendete.

«Ein Mann Mitte dreißig, übel zugerichtet. In der Nähe der Seilbahn. Mit Sicherheit ein Drogenabhängiger. Soll ich das Rauschgiftdezernat verständigen?»

«Bloß nicht! Rufen Sie den Arzt, ich komme!»

Als er zur Seilbahn lief, dachte Momo an überhaupt nichts mehr. Carla, die auf seinen Schultern saß, hielt ihm vielleicht die Augen zu – so wie es kleine Kinder machen, wenn sie bei ihrem Vater auf den Schultern sitzen.

Reglos und so kalt wie dieser Frühlingsmorgen lag der Typ da, gestorben am Ende seiner Kräfte. Die Haut auf den Knochen wirkte dünn und spröde, das Gesicht war mit Brandwunden und Hämatomen übersät. Im stinkenden Frühdunst, der Paris umhüllte, ähnelte dieser Anblick dem des Toten mit der durchgebissenen Kehle in der Rue Gerpil, doch der Mann hier war eines natürlichen Todes gestorben, wenn man das nach einer Überdosis GHB, Crack und DOB so sagen konnte. Weder Blut noch Bißwunden, einfach ein Salto mit katastrophaler Landung. Der Arzt tauchte schimpfend aus dem gelblichen Nebel auf, seine Frau stand kurz vor der Entbindung, er hatte keinen Kopf für die Arbeit. Er stellte den Tod fest.

«Sicher eine Überdosis, aber er ist vor ein paar Tagen gemein verprügelt worden, er ist mit Hämatomen übersät!»

Momo rauchte zu schnell, um sich wach zu halten und seine morgendliche schlechte Laune zu vergessen.

«Die Zähne!» murmelte er.

Der Arzt erinnerte sich an den Toten mit der durchgebissenen Kehle. Er öffnete den Mund des Toten und fand eine Brücke auf den linken, vorderen Backenzähnen.

«Könnte sein», brummte er.

Momo schüttelte den Kopf. Ein toter Mörder? Die Chefin würde sauer sein!

Momo hatte Beschattungen nie gemocht. Er hatte zu wenig Geduld für so etwas. Da das lange Ausschlafen und das englische Frühstück ausgefallen waren, war er nach der Entdeckung des Toten an der Seilbahn nun bei einer halben Schachtel Zigarillos und drei Sandwiches angelangt. Nachdem er seinen Bericht abgefaßt hatte, hatte er es gerade noch geschafft, Caty um 7.30 Uhr in der Avenue Junot zu treffen. Seitdem stand er sich hier die Beine in den Bauch.

«Gestern», sagte Caty plötzlich, «habe ich im Zentralcomputer nach Raoul Grave gesucht. Als Chirurg wurde er aus der Ärztekammer ausgeschlossen und vor fünf Jahren hat er zwei Jahre Gefängnis ohne Bewährung abgesessen, wegen eines Kunstfehlers bei einer Operation. Das ist er!»

Stolz hielt sie Momo ein unscharfes Foto aus dem Drucker hin, das einen Dunkelhaarigen mit Brille und zusammengebissenen Zähnen zeigte.

«Glückwunsch! Sie haben das Zeug zu einer guten Polizistin!»

Pasquier wohnte in einem denkmalgeschützten Gebäude aus den dreißiger Jahren, das aus ehemaligen Künstlerateliers bestand, von denen jedes etwa sieben-

oder achthunderttausend Franc wert war. Dieses Viertel betuchter Leute gehörte eigentlich nicht mehr zu Montmartre, es war eher ein Ghetto der Reichen, wo Stars aus der Kino- und Musikwelt die in allen Farben leuchtenden Blessuren ihrer fortwährenden Liftings versteckten.

Um 9 Uhr kam Pasquier, dick, rothaarig und schwitzend aus dem Haus. Maurice wäre es lieber gewesen, wenn er nicht ganz so abstoßend ausgesehen hätte. Ein Schuldiger, der so häßlich war, das nahm ihm den Wind aus den Segeln! Sie folgten ihm bis zu seinem Büro in der Rue Lepic. Dann hieß es wieder Däumchen drehen. Momo und Caty langweilten sich abwechselnd im Auto, auf der Terrasse des gegenüberliegenden Bistros oder vor den Schaufenstern in dem Häuserblock des *Moulin Rouge*, über dessen ehemaligem Notausgang ein rostiges Eisenschild hing. Man konnte sich kaum vorstellen, daß hinter diesen gewöhnlichen Fassaden dreihundert Menschen ihr Bestes gaben, um die Touristen zu unterhalten. Pythonschlangen, Pferde und Cancan-Tänzerinnen. Schönheiten aus dem Osten oder aus Australien. Was den Mord im Revuetheater anging, so saß Pasquier in der ersten Reihe, aber es wäre doch zu kraß, daß ein vollgefressener Sack mit einem Haufen Kohle für alles verantwortlich sein sollte. Mord, Immobilienskandal, Rauschgiftschmuggel und was sonst noch?

Um 10.50 Uhr zwängte sich der dicke Pasquier hinter das Lenkrad seines Laguna, der vor seinem Büro stand. Momo ließ den Peugeot 306 an, der dahinter geparkt war. Das Geschicklichkeitsrennen ging nach Saint-Ouen. Der Laguna spuckte seinen dicken Fahrer vor einem ruhigen Einfamilienhaus aus. Und das Warten begann erneut.

Nach einer Stunde kam Pasquier in Begleitung eines großen Dunkelhaarigen mit Brille wieder heraus, der zu ihm in den Laguna stieg. Der von der Ärztekammer ausgeschlossene Chirurg. Der Exknacki Raoul Grave. Momo überließ dem Mäuschen das Steuer und blieb vor Ort. Er streifte ziellos durch den Garten. Es schien keine Menschenseele in dem Häuschen zu wohnen. Er brauchte eine Weile, um eines der wurmstichigen Fenster im Erdgeschoß aufzubrechen, ohne allzu großen Schaden anzurichten. Drinnen sah es altmodisch aus, Blumentapeten und Möbel aus der Vorkriegszeit. Es roch nach Schimmel und kaltem Rauch. Die Küche, das Arbeitszimmer und das Wohnzimmer waren im Erdgeschoß, zwei Schlafzimmer im ersten Stock. Nichts, was die Schreiberlinge von *Maisons et Jardins* in Entzücken versetzt hätte. Das Untergeschoß war schon interessanter. Gaskocher, Glaskolben mit chemischen Stoffen, Rohrschlangen, Schwanenhälse, Kühlschränke: Ein beschauliches Labor zur Herstellung von Medikamenten, die einen abheben, hoch fliegen und manchmal auch abstürzen lassen, man hat allerdings nicht immer Zeit, die Landeklappen auszufahren. Ein Traum für jeden Sensationsjournalisten! In Kartons lagen kleine Plastiktüten mit perlmuttschimmernden Pillen, wie man sie in den Taschen des Ermordeten und bei Areski gefunden hatte. Es gab auch größere graue Pillen, wie jene, die man bei den Tänzerinnen des *Moulin Rouge* oder bei der flüchtigen Drogensüchtigen sichergestellt hatte. Immer wieder das GHB, die Obsession der Hauptkommissarin. Momo hatte Handschuhe übergestreift und stöberte in aller Ruhe herum, machte Fotos, entnahm Proben. Er beseitigte alle Spuren seines Streifzuges. Aline Lefèvre würde zufrieden sein, sie waren der Rauschgiftbrigade zuvorgekommen! Sie würde ihre Rechnung begleichen können.

Momo ließ sich von einem Taxi in die Rue Hermel zum Hauptsitz der Firma *Propage* fahren, wo er, hinter seiner Polizeimarke verschanzt, heftig herumbrüllte, er müsse Areski verhören. Dieser war gerade mit der Reinigung einer Wohnung in der Rue Clignancourt beschäftigt. Nach einem erneuten Geschicklichkeitsrennen und erneutem Geschrei packte er den jungen, in Frankreich geborenen Araber in das Taxi und brachte ihn zum Polizeirevier. Der Junge tobte, sabberte wie ein Kranker, Momo wies ihn darauf hin, daß er zu seinem eigenen Schutz in Polizeigewahrsam sei, schließlich habe er den großen Manitu denunziert, der ihm seinen Stoff lieferte.

«Der spinnt wohl! Ich habe überhaupt nichts gesagt. Was soll denn der Scheiß? Ich kenn den Typ doch gar nicht.»

«Kennen, kennen, man kennt niemals irgend jemanden… Es geht nur darum, daß dieser Herr weiß, daß du verhaftet wurdest!»

Areski starrte ihn verblüfft an, ohne etwas zu verstehen. Momo war nicht zu Erklärungen aufgelegt.

«Verzeihen Sie dem Kommissar, er ist ein wenig gereizt zur Zeit!»

Caty, wie immer mit einem Mund voller Zähne, faßte Areski beinahe liebevoll beim Arm.

«Keine Sorge, Kommissar, ich werde mit Areski reden, der Arme hat ein Recht auf einige Erklärungen!»

Der Arme, der Arme, sie sollte doch aufhören zu spinnen, es wäre nicht schlecht, wenn sie ihn ein bißchen in Ruhe lassen würde! Aber wenn Caty unbedingt Mutter Teresa spielen wollte, würde er sie einfach ihren humanitären Anwandlungen überlassen.

«Kommissar, ein Beamter hat vor dem Büro Posten bezogen, Sie können ihn auf dem Handy erreichen.»

Sie reichte ihm eine Nummer und ging mit Areski davon. Momo gab dem Polizisten, der Pasquiers Büro bewachte, seine Anweisungen. Sobald der Dicke die Avenue Junot heraufkam, würde Maurice mit einem Hausschungsbefehl auftauchen. Nicht etwa in der Hoffnung, irgend etwas zu finden. Es ging nur darum, ihm Angst einzujagen und sein Telefon anzuzapfen.

Es hatte wieder zu regnen begonnen, und Pasquier hatte sich gerade einen Gin Tonic eingeschenkt, als Maurice in Begleitung von zwei Polizisten an der Tür des denkmalgeschützten Ateliers läutete. Der Kommissar teilte dem dicken Immobilienmakler die schlechte Nachricht mit. Die Denunziation eines Dealers. Sie mußten dem nachgehen. Reine Formsache. Sein Gegenüber erbleichte, als er den Haussuchungsbefehl sah. Er nannte das Ganze einen Skandal, wies darauf hin, daß er ein gewichtiger Mann war. Unbestreitbar nahm er einigen Raum ein, und es bedurfte etlicher Meter Stoff, damit sein Bauch in eine Hose paßte! Momo nutzte die Darbietung, um sich Pasquier einmal in Großaufnahme anzusehen. Für welche Eigenschaft würde er ihm den Orden der Häßlichkeit verleihen: für die wäßrigen Augen, die Schweinehaut, irgendwo zwischen ölig und borstig, die Haare in der Farbe von Entenscheiße oder für die Figur eines vollgestopften Buddahs? Momo gab sich höflich und beruhigend:

«Monsieur Pasquier, machen Sie sich keine Sorgen, wir werden diskret und schnell vorgehen.»

Der Mann zwang sich, ruhig zu bleiben. Er mußte nachdenken. Und sich sagen, daß es besser war, keine Wellen zu schlagen, bevor der Sturm nicht losgebrochen war. Sie betraten einen riesigen Salon mit einem Glasdach. Der Regen prasselte vorsichtig im Takt einer angenehmen Melodie auf die großen, in Metall gefaßten Scheiben, und hinter den Tausenden von Wasserperlen erblickte man das gelbliche Grau des Himmels. An jedes noch so kleine Objekt oder Möbelstück hätte man ein Preisschild mit einer vier- oder fünfstelligen Zahl anbringen können. Momo bat Pasquier, einen der Polizisten in Schlaf- und Badezimmer zu führen. Der andere Polizist machte sich umgehend am Telefon zu schaffen. Momo ging in die Küche, wo selbst der Kühlschrank, der so groß war, wie ein normannischer Kleiderschrank, so viel gekostet haben mußte wie ein Auto. Er war viel zu groß für einen allein lebenden Mann. Wenn man zuviel Geld hat, kann man nicht teilen, das muß man verstehen: Ein Stück vom Vermögen ist ja schon ein Vermögen! Auch das Innere des Kühlschranks ließ, was das Design betraf, nichts zu wünschen übrig, Glas und gebürsteter Stahl, mit einem ausgeklügelten System von Fächern, in denen unterschiedliche Temperaturen eingestellt werden konnten sowie einer Maschine, die entweder Eiswürfel oder zerstoßenes Eis lieferte. Momo öffnete das Käsefach, das wie der Hintern einer Ökoziege stank. Selbst im Kühlschrank eines mit Geld gesegneten Mannes kam das ländliche Frankreich voll zur Blüte, was allerdings Momos Stimmung nicht aufzubessern vermochte. Er suchte ohnehin nichts Bestimmtes, aber wennschon, dennschon! Er durchsuchte das Gemüse- und Obstfach und öffnete beiläufig ein Nutellaglas: Cannabisblüten! Momo hätte ihnen eine klare Herkunftsbezeichnung zuordnen können: mexikanischen Ursprungs, in Amsterdamer Treibhäusern gezogen, elektronisch getrocknet. Es waren etwa hundert Gramm, nichts, was Pasquier wirklich in Schwierigkeiten bringen würde, es reichte gerade, um ihn ein wenig zu ärgern.

Im Salon hatte der Polizist das Telefon angezapft und tat nun so, als würde er die Schubladen einer Kommode durchwühlen. Er machte mit Daumen und Zeigefinger einen Kreis in Momos Richtung. Pasquier kam die prachtvolle Treppe aus den zwanziger Jahren herunter.

«In ihrem Kühlschrank wachsen ja eigenartige Dinge!» murmelte Momo. «Was für Ausmaße der Treibhauseffekt annehmen kann! Tropische Temperaturen bis ins Innere des Kühlschranks!»

«Sagen Sie mal, Sie wollen mir doch jetzt nicht wegen ein paar Gramm Gras Ihre Fernsehserien-Dialoge aufsagen? Sogar unsere Herren Minister verkünden überall, daß das nicht so gefährlich ist wie Alkohol!»

«Der Polizist ist der Feind des Philosophen, mein lieber Pasquier! Sie kennen doch die Devise unseres Hauses: Nichts sehen, nichts sagen, nichts hören, aber alles aufnehmen. Sie unterschreiben die Aussage, das ist alles, was mein Gehirn eines Durchschnittspolizisten, also ein unterdurchschnittliches, verlangt: angeblich wiegt ein Kilo grauer Zellen bei der Polizei weniger als ein Kilo Federn.»

Der Fettwanst seufzte, ließ sich auf das Sofa fallen und klammerte sich an seinen Gin Tonic.

«Nun machen Sie sich mal nicht so wichtig, ich kenne einflußreiche Männer, man belästigt die Leute nicht sofort zu Hause, nur weil irgendein kleiner Gauner irgendwelchen Mist erzählt!»

Er hatte orangefarbene Flecken auf den Händen. Momo dachte, daß er unter den Armen nach Hammelkeule riechen müßte. Ein Grund, Vegetarier zu werden, mit einem Schlag ekelt es einen vor Schwein und Lamm. Momo zündete sein Zigarillo an und ließ seinen Blick durch den Loft gleiten, der etwas von einer Bahnhofshalle hatte, mit einem winzigen Schwein in der Mitte: Was für ein wunderbares Bild surrealer Kunst! Jetzt kam der andere Polizist aus dem Badezimmer herunter:

«Ich glaube nicht, daß das hier Zahnpulver ist, Kommissar, was halten Sie davon?»

Er hielt ihm eine Lakritzdose hin, also wirklich, das fette Schwein machte zur Tarnung auch noch in Süßigkeiten! In der Dose lag etwas Widerliches, Graues, in kleinen Würfeln... wie Kieselsteine, besser gesagt, Crack! Auch hier keine große Menge, nicht als Aufmacher für die Fernsehnachrichten geeignet. Pasquier protestierte, das hätten sie selbst in seinem Badezimmer versteckt, er wolle seinen Anwalt anrufen. Maurice beruhigte ihn, übertrieben höflich und verbindlich. Sobald die Durchsuchung beendet und die Aussage unterschrieben sei, hätte Monsieur seinen wohlverdienten Feierabend, man würde ihn nicht in Handschellen abführen und den Clochards im Kittchen zum Fraß vorwerfen. Die Untersuchung erfordere das nun mal. Der Dicke schwieg, goß erneut Gin in seinen Tonic, und Momo spürte, wie ein unwillkürliches Lächeln sein Zigarillo streifte.

Es war ein echter Freudenschrei, der dem geschminkten Mund Aline Lefèvres entfuhr, als Momo ihr das kurze Telefongespräch vorspielte, in dem Pasquier Raoul Grave aufforderte, sämtliche Spuren des Labors in Saint-Ouen zu beseitigen. Ihre Freude wurde noch deutlicher hörbar, als Caty verkündete, daß sie nach einem zweistündigen Gespräch mit Areski in seiner Zelle nun viel klarer sah! Die Cracklieferungen erfolgten über die Reinigungsfirma *Propage*. Das Kokainderivat wurde, versteckt in Kanistern mit Palmölreinigungsmittel, aus Santo Domingo importiert. Die Hauptkommissarin hielt sich nicht mit Glückwünschen auf, sondern zog es vor, sich wie ein General im Feldzug aufzuführen:

«Wenn es sein muß, verhalten wir uns bis Sonnenaufgang ruhig, aber alles muß bereit sein für morgen früh. Lassen Sie Bier und Pizza kommen, ich erwarte Sie in meinem Büro!»

Während sie Pizza Margherita in sich hineinstopfte, freute sich Aline, die eine besondere Begabung hatte, mit vollem Mund zu sprechen, nun endlich einen Gesamtüberblick zu haben, der dem eines erleuchteten buddhistischen Mönches würdig war:

«Ich fasse zusammen: Der zweifelhafte Immobilienmakler Pasquier investiert in Immobilien in Abbesses, indem er unter dem Deckmantel verschiedener Gesellschaften und mit Hilfe verschiedener Strohmänner billig Wohnungen kauft. Um die Preise bestimmter Gebäude am Rande des Pigalle-Viertels niedrig zu halten, inszeniert er ein Chaos in den Wohnungen, deren Eigentümer er ist oder deren Verkauf er verhindert, indem er eine Bande Rauschgiftsüchtiger hineinsetzt, die froh sind, einen drauf machen und Leute nerven zu können und dafür ihren Stoff zu kriegen. Am Anfang gibt er ihnen wahrscheinlich Crack, das er aus Santo Domingo importiert, wo er, nach Catys Untersuchungen, mehrere Firmen besitzt, die dort wie hier skrupellos Spekulationsgeschäfte machen. Dann wird das System ausgeweitet. Sein Freund Raoul Grave, aus der Ärztekammer ausgeschlossen, ist kein Freund von Sozialhilfe. Er schlägt Pasquier vor, ein geheimes Labor für synthetische Drogen einzurichten, um diese dann auf Technoparties unter die Leute zu bringen. Ein einträgliches Geschäft. Sie liefern die kleinen Pillen an unseren Ermordeten, Hubert Laboureur, Organisator von Raveparties. Das Zeug geht auf seinen Festen weg wie warme Semmeln. Aber unser Hubert hat Geschmack am Rauschgift gefunden, und das bekommt ihm nicht gut. Eines Tages nimmt die Sache im Erdgeschoß eines Gebäudes in der Rue Germain-Pilon eine schlechte Wendung, ein Verrückter geht dem Technofan an die Kehle. Der Mörder wird verprügelt, man zwingt ihn vielleicht zur Überdosis, denn schließlich muß alles seine Ordnung haben in dieser Sippe von Übergeschnappten. Er stirbt am Fuße der Seilbahn. Dank Caty kennen wir Pasquiers ausführliche Biographie, die uns zu einem geheimen Labor führt. Nach der Haussuchung bei ihm warnt er Grave, er solle alle Spuren der kleinen Fabrik in Saint-Ouen beseitigen. Bis morgen früh um 8 Uhr wird Grave nicht genügend Zeit bleiben, um alles aufzuräumen!»

Sie streckte sich und stieß einen langen Schrei aus, wie ein balzender Pfau. Maurice hatte keine Lust mehr, Zigarillos zu rauchen, sein Mund brannte, und er haßte Pizza.

«Morgen früh um 8 Uhr teilen wir uns in drei Gruppen auf. Maurice, Sie gehen in die Avenue Junot und verhaften den dicken Pasquier. Caty, Sie kümmern sich um *Propage*, Areski legen wir auf Eis, damit er sich länger hält. Ich werde Grave in seinem Gemischtwaren-Pavillon einsammeln. Haussuchung, Probeentnahme, das ganze Spektaktel!»

Um 5 Uhr morgens war alles bereit, ihnen blieben noch zweieinhalb Stunden, um eine Mütze voll Schlaf zu nehmen. Völlig fertig verließ Momo das Büro, seine Augen brannten von zwei durchwachten Nächten. Er hatte noch keine zehn Meter zurückgelegt, als sich eine Hand auf seine Schulter legte: Rémy!

«Mistkerl! Du bist wirklich ein mieser Sack, der Junge im Knast, ich kann es einfach nicht glauben!»

«Würdest du ihn lieber irgendwo mit einem Messer im Adamsapfel finden? Wir sind dabei, die ganze Bande hochzunehmen, die ihn mit Drogen versorgt, ich hielt es für besser, ihn an ein schattiges Plätzchen zu bringen. Das Tageslicht hätte fatal für ihn werden können. Ich wollte ihn nur schützen.»

Rémy verschlug es die Sprache, das hatte er nicht erwartet!

«Er steckte bis zum Hals in der Scheiße, dein Neffe. Ein fettes Immobilienschwein hatte ihn unter seiner Fuchtel.»

«Pasquier?»

«Woher weißt du das?»

«Weil dieser Dreckskerl der Besitzer meines Ladens ist! Wegen dieses Arschlochs muß ich zumachen. Areski hat für ihn gearbeitet, als das Schwein den Laden neben mir zu einem Frisörsalon umgebaut hat.»

«Rémy, ich habe wirklich keine Zeit, mit dir zu plaudern. Ich muß pennen, wenigstens zwei Stunden.»

«Du denkst wirklich nur an dich, Scheiße!»

«Das stimmt! Du denkst ja immer nur an die anderen. Wenn ich dir Fragen stelle, erzählst du mir ganz freundlich alles, was du weißt, wie einem alten Kumpel, du gehst sogar so weit, mir zu sagen, daß du Provisionen kassierst, weil du den Tänzerinnen deiner englischen Zuckerschnecke Kunden beschaffst, das ist echt total nett!»

«Wie bitte?»

«Ich darf dir das nicht sagen, man beschuldigt mich,

dich zu decken, verstehst du? Wenn man mich mit dir quatschen sieht, krieg ich einen Riesenärger.»

«Ich muß mit dir reden, Momo!»

«Ich komme heute nachmittag gegen 5 Uhr bei dir vorbei. Bei dem Tag, der uns bevorsteht, werden die Bullen bis dahin keine Zeit haben, sich mit dir zu befassen.»

«Du darfst mir nicht böse sein», brachte Rémy kraftlos hervor.

Im bleichen Licht der Straßenlaterne sah Momo, daß er völlig besoffen war. Der Athlet, den er in seiner Jugend so bewundert hatte, war nun ein Wrack, von dessen Schönheit nur noch die blauen Augen übrig geblieben waren, aber sein Blick war vom Alkohol verscheleiert. Momo sah ihn sowohl zärtlich als auch traurig an, machte eine schlappe Handbewegung und ging. Er konnte einfach nicht mehr.

Am nächsten Morgen um 8 Uhr war er noch genauso müde. Er hatte zwei Stunden unruhig geschlafen und von seiner Mutter geträumt, die hinter der Kasse eines kleinen Supermarktes thronte und ihn beschimpfte, weil er Rémy hängen ließ. «Du wirst fürs Sterben bezahlt, sogar dein Freund Boualem sagt das!»

Als er mit den Polizisten Dupon und Pondu an seiner Seite in den Zivilwagen stieg, regnete es nicht mehr. Das frische Licht des neuen Tages schien auf die Häuserfassaden. Sie parkten vor der Villa Léandre, hundertfünfzig Meter von dem denkmalgeschützten Atelier entfernt, in dem sich der dicke Pasquier verkrochen hatte.

Als sie aus der Avenue Junot herausfuhren, sah Momo Malika den Bürgersteig entlang gehen. Sie bemerkte ihn nicht. Wie üblich war sie ganz woanders, in ihrer eigenen Welt. Die Angst hatte ihr Gesicht gezeichnet. Die

Probleme ihres Neffen hatten wohl das Leid um den Verlust ihres Babys wieder aufflackern lassen. Momo dachte an die Massaker in Algerien, an seinen Vater, es war schlimm, daß man nicht einmal Zeit hatte, der Toten zu gedenken, eines Tages würde er dafür bezahlen!

Auf dem Treppenabsatz vor Pasquiers Wohnung hörte man, wie Bashung empfahl: *«malaxe, malaxe, le coeur de l'automate, malaxe, malaxe les omnoplates, malaxe le thorax…»** Pasquier reagierte nicht auf das Klingeln, obwohl sein Auto vor dem Haus stand. Dupon und Pondu öffneten vorsichtig die Tür, sie waren echte Spezialisten für Dreipunkt-Sicherheitsschlösser, man fragt sich, warum Polizisten immer so gute Einbrecher sind!

Unter dem Licht des großen Glasdachs wußte man immer noch nicht, was Bashung von seinem Sockel aus gesehen hatte, *«et du haut de nous deux on a vu, et du haut de nous deux on a vu»*. Auf das Lied folgte ein Werbespot für einen Supermarkt, der das Leben wirklich schöner machte, dann pries ein Typ die Kreativität von Renault. Pasquier war noch immer nicht zu sehen in seinem Palast. Dupon ging ins Badezimmer hinauf, Momo steuerte auf die Küche zu, und da sah er nun den Dicken auf der Arbeitsplatte ausgestreckt liegen. Unter dem weit geöffneten Frotteebademantel wies der riesige rosafarbene Sack auf der Höhe des Adamsapfels eine bestialische rote Schnittwunde auf, aus der die ganzen Sünden eines mit Geld gefüllten Schweines hervorquollen. Das noch warme Blut tropfte mit einem gleichmäßigen plopp, plopp auf den Marmorboden. Die Kacheln der Arbeitsplatte und der Wände, der makellose Kühl-

---

* «Knete, knete, das Herz des Automaten, knete, knete die Schulterblätter, knete den Brustkorb …»

schrank, die blitzenden Herdplatten, alles schimmerte rötlich von abstrakten Flecken wie ein überdimensionaler scharlachroter Rorschachtest, aus dem sich die Wahnvorstellungen und Rasereien von Zweibeinern ablesen ließen, die nicht vergessen konnten, daß sie vor allem Tiere waren.

Momo hatte endlich die Verbindung zwischen dem *Moulin Rouge* und dem Verteilerring für die Drogen im Viertel vor Augen: Es war dieser rote Schnitt und die Spritzer in der Farbe welker Ahornblätter. Der Mörder des Pärchens im *Moulin Rouge* hatte auch Pasquier getötet und mit einem Schlag war alles wieder völlig unverständlich. Der Gesamtüberblick Aline Lefèvres schien gar nicht mehr so umfassend, sondern nur noch eingleisig.

Sie sind ganz in ihrer Nähe. Ihr Bauch zittert. Sie kann nichts dafür, er gehorcht ihr nicht. Das also war ihre letzte Stunde, dieses Leiden, unter der Leiche ihres Vaters, in diesem Massengrab, wo sie vor Schmerz zittert. Wozu sollte sie danach noch weiterleben? Sie wird die Augen öffnen. Sie kann nichts dagegen tun. Denn das ist der Grund, warum sie lebt. Um die Augen zu öffnen. Und um diejenigen zu sehen, die vermummt getötet haben. Die Feiglinge ohne Gesicht. Sie öffnet die Augen. Sie sieht die mit ihren Tränen gefüllten Wolken. In Richtung Himmel zeichnet sich ein Gesicht ab. Sie betrachtet die feinen Züge sehr genau. Sie trägt dieses Gesicht einer griechischen Statue unter ihren Augenlidern. Es wird dort für immer bleiben. Sie weiß, warum sie leben wird. Um dieses Gesicht niemals zu vergessen.

Zwei Tage, in denen er mit dem Auffinden von Leichen beschäftigt war, das war ein Rekord in Momos Karriere. Am Ende seiner Kräfte, mit leerem Magen und dröhnendem Schädel hatte er wieder mal einen Bericht verfaßt und Aline Lefèvre beruhigt, die angefangen hatte, Raoul Grave während des Verhörs unbeherrscht zu ohrfeigen. Dabei hätte sie zufrieden sein können. Alles paßte zusammen. Die Mannschaft, die Caty begleitete, hatte ein Kilo Crack aus Santo Domingo in Kanistern für Palmöl-Reinigungsmittel gefunden. Der Schmutz unter den Schuhen des Toten mit der durchgebissenen Kehle stimmte mit den Bodenproben aus dem Garten von Saint-Ouen überein, und im Keller des Häuschens hatte man etliche Kilo Dope entdeckt, worüber sogar im Fernsehen berichtet wurde. Raoul Grave würde wieder in den Knast wandern und die Brigade für Wirtschaftskriminalität ihre lange Nase in die dubiosen Eigentumsverhältnisse des Hauses in der Rue Gerpil stecken. Aline plante für den nächsten Morgen eine Haussuchung bei Rémy, weil sie davon überzeugt war, durch die Vernehmung des Buchhändlers den Mörder des Pärchens aus dem *Moulin Rouge* dingfest machen zu können. Maurice ließ den Kopf hängen, er glaubte kein Wort davon.

Die Hauptkommissarin informierte gerade die Presse, als die Rauschgiftbrigade hereingeschneit kam, stinksauer darüber, daß sie nicht früher benachrichtigt worden war. Aline Lefèvre schrie sich heiser und warf ihnen vollmundige Schimpfworte an den Kopf; Maurice überließ sie ihren Höflichkeitsbezeugungen und begab sich im halb-komatösen Zustand ins *L'Oracle*.

Er wußte nicht mehr, wann er zum letzten Mal richtig gegessen hatte, trotzdem konnte er nichts runterkriegen. Aber trinken ist auch eine Art der Nahrungsaufnahme: er bestellte einen Bordeaux. Boualem wählte für ihn einen *Château Margaux* Jahrgang 93 aus, den Momo wie einen Babybrei in kleinen Schlucken schlabberte. Boualem setzte sich ihm gegenüber an den Tisch:

«Es wird schon wieder werden.»

«Wenn es noch schlimmer kommt, wäre es Völlerei! Ich habe Rémy versprochen, bei ihm vorbeizuschauen, aber wozu, ich kann nichts für ihn tun.»

«Ein guter Anwalt wird ihn vor dem Gefängnis bewahren, das weißt du genau.»

Boualem begann ebenfalls zu trinken, langsam wie ein Gourmet. Momo traute seinen Augen nicht.

«Ich dachte, du trinkst nie!»

«Manchmal ist es eine Sünde, nicht zu trinken!»

Seine Stimme klang niedergeschlagen und bedrückt. Maurice hatte ihn noch nie so besorgt gesehen. Seine Hände zitterten. Er war mit einem Schlag furchtbar gealtert. Momo dachte an die blutigen Bilder, die den ehemaligen Polizisten heimsuchen mußten, ohne daß der etwas dagegen tun konnte. Gemetzel, Blutbäder und Massaker, die unter seiner Schädeldecke tobten. Doch Momo konnte weder für ihn noch für irgend jemand anderen, nicht einmal für Rémy etwas tun:

«Rémy geht es jetzt schon so schlecht, die Scherereien mit der Polizei werden ihm den Rest geben!»

Er schenkte sich Bordeaux nach, er wärmte ihm so schön den Bauch, auch wenn er an den Speckwülsten, die an seiner Brust heranreiften, so schwer trug.

«Ich habe Malika heute morgen gesehen, sie sah aus, als sei sie jetzt völlig durchgedreht», sagte Boualem.

Momo hatte sie auch gesehen und er dachte, daß diese hilflose Person, die um ihr Land und ihr Baby trauerte, sich umbringen würde, wenn Rémy den Boden unter den Füßen verlor. Er versuchte, sich Carla vorzustellen, die ihm vertraute, und ihr Gesicht, oder Annas Augen, denen er nicht zu begegnen wagte, solange er nicht wußte, wer ihren Sohn ermordet hatte. Er sah auf die Uhr, Rémy wartete auf ihn, es war jetzt keine Zeit für ein Schwätzchen. Er erhob sich, das Zigarillo zwischen seinen Lippen war ganz aufgeweicht.

Als er das Antiquariat betrat, war ihm eiskalt. Der Laden war ihm noch nie so düster erschienen. Ein Gefühl, als würde man einen Friedhof betreten. Doch es lag noch immer der gleiche Geruch in der Luft wie damals, als er in der ersten Grundschulklasse gewissermaßen einige Jahrhunderte zuvor, hierhergekommen war. Wieviele der Bücher, die damals schon zum Verkauf angeboten wurden, lagen noch immer in den wurmstichigen Regalen, die sich unter dem Gewicht des Papiers bogen. Dutzende? Hunderte?

Rémy stieg die Wendeltreppe herunter, und Momo dachte, der Tod käme ihm entgegen. Die Angst, die ihm den Magen zuschnürte, ließ sein Lächeln bei ihrer üblichen Begrüßung noch einfältiger aussehen als sonst. Eine seiner Eigenarten: Wenn er Angst hatte, sah er einfach dämlich aus. Rémy umarmte ihn kühl, ohne Kuß und ohne Herzlichkeit, ein Bild des Jammers, Momo fragte sich, ob es möglich war, das Schicksal daran zu hindern, einen zugleich alt und blöd werden zu lassen.

Sie setzten sich an die winzige Theke, die als Kasse diente, jeder auf eine Seite. Die Flasche Jack Daniel's füllte wie immer zwei große Gläser, und Rémy trank drei- oder viermal schneller als Momo. Im schwachen Licht des Ladens, zwischen den mit Graburnen tapezierten Wänden wirkte er mehr denn je wie ein Gespenst.

«Sie kommen morgen um 8 Uhr zur Haussuchung», erklärte Momo. «Versuch so schnell wie möglich, einen Anwalt zu erreichen.»

«Verdammter Mist, aber ich habe mir nichts vorzuwerfen, wenn ich es nicht getan hätte, hätte es ein anderer getan! Die Tänzerinnen brauchen etwas Taschengeld, alles spielt sich unter mündigen Erwachsenen ab.»

«Vermeide es, so zu argumentieren.»

Rémy trank seinen Jack Daniel's wie jemand nach drei Tagen in der Sahara sein erstes Glas Wasser. Seine Augen waren trübe, fast milchig:

«Als ich Malika getroffen habe, wußte ich, daß ich einem Menschen begegnet war, der noch unglücklicher war als ich. Manchmal ist das die einzige Hoffnung: jemanden zu treffen, der schlechter dran ist als man selbst. Malika wird das alles nicht überleben, verstehst du, Maurice?»

«Ob ich es verstehe oder nicht, ändert nichts!»

«Wenn ich in den Knast muß, ist sie verloren.»

Rémy war betrunken, mehr als betrunken, krank wie es Alkoholiker sind, wenn sie über ihren Pegel hinaus sind. Es fiel ihm schwer, sich zu artikulieren, seine Worte verfingen sich in einem dichten Schleier.

«Du kommst nicht ins Gefängnis, ich hab ein paar Ersparnisse, ich werde dir helfen, einen guten Anwalt zu bezahlen. Wenn sie dich in Untersuchungshaft stecken, verspreche ich dir, daß ich mich um sie kümmere.»

«Unser Bedürfnis nach Trost ist unstillbar.» Momo erinnerte sich, daß dies der Titel eines winzigen Büchleins von Stig Dagerman war, das dieser kurz vor seinem Selbstmord geschrieben hatte. Ja, unstillbar. Momo hätte gern den einzigen Freund, den er jemals gehabt hatte, getröstet, doch Wunsch und Realität klaffen immer auseinander. Denselben Idioten von der Wiege bis zur Bahre auszuhalten, gehört zu den Qualen des Lebens, wobei eine Trennung unmöglich und Selbstmord endgültig ist. Maurice hatte das Zusammenleben mit diesem ohnmächtigen alten Bock, der ihm als äußeres Erscheinungsbild diente, noch nie als so schmerzlich empfunden.

«Mit ihr wandte ich mich wieder dem Tanz zu, sie verschönerte die Bücher, das war ein Zeichen. Die Anmut ihrer Gesten, wenn sie arbeitet, das Leder liebkost, ihre Geduld, ihre Geschicklichkeit.»

Rémy torkelte zu Malikas Arbeitstisch im hinteren Teil des Ladens. Machte sich an den Federmessern zu schaffen, den Hohleisen und den Stiletts, die sorgfältig geordnet neben den Ledern und marmorierten Pappen lagen. Angesichts dieser Schneidwerkzeuge, den Häuten toter Tiere und den Schriften von seit ewigen Zeiten unter der Erde liegenden Leuten, die nur noch ein Häufchen Staub waren, fühlte sich Momo genauso tot wie die Leichen, über die er sich in letzter Zeit gebeugt hatte: sein Vater, Elsa, Manfred, der Typ mit der durchgebissenen Kehle, der Tote an der Seilbahn, Pasquier...

«Sie sollen Rémy in Ruhe lassen, Maurice, er hat damit nichts zu tun.»

Malika kam in einem kurzen, ärmellosen Kleid die Wendeltreppe hinunter, ihre schweren dunklen Locken tanzten auf ihren Schultern. Sie wirkte wie ein kleines Mädchen. Momo dachte an Anna, die rothaarige Anna, deren Augen er gegen seinen Willen suchte, so als ob er sie bräuchte, um klarzusehen.

«Ich will nicht, daß Rémy für mich bezahlt. Ich habe Manfred wiedererkannt. Ich trug sein Gesicht in mir. In all diesen Jahren habe ich nur dieses Gesicht in mir getragen, um ihn eines Tages wiederzuerkennen.»

Momo spürte, wie ein Dolch in seine Magengegend fuhr, er erinnerte sich an Boualems Geschichte, an das Grauen in Algerien, an die Emigranten, die sich stets umblickten, aus Angst, einen Mörder wiederzuerkennen. Die Tragödie, von der Lefèvre-Mann gesprochen hatte, die entsetzlichen Brudermorde, die Rachefeldzüge, die Massaker unter dem unendlich blauen Himmel des Mittelmeers, dort, in Algerien, auf der anderen Seite des Meers, spielte sich das alles wirklich ab. Dort hallte der schreckliche Bocksgesang wider.

«Schweig, Malika, bitte!»

Rémy wankte zu ihr hinüber, schloß seine Arme um ihre Schultern. Zu betrunken, um gerade zu stehen, hielt er sich in Wirklichkeit an ihr fest, und Malika fuhr mit ihrem Klagelied fort:

«Ich habe ihn wiedererkannt, ich mußte ihn töten, ich glaubte, Zeit zu haben, ich hatte unrecht, weil das Baby tot ist! Ich hatte keine Wahl mehr, ich mußte schnell handeln, bevor er in seiner Umgebung Unheil anrichtete.»

Momo hielt den Atem an. Malika hatte Manfred getötet, den schönen Tänzer, den perfekten Sohn, den treuen Geliebten, weil er unglücklicherweise einem irren Mörder aus dem algerischen Souk ähnlich sah? Anna hatte von vornherein an einen fatalen Irrtum geglaubt, und sie hatte recht. Momo zitterte. Er dachte an *Pierrot le fou*, an die Tragikomödie des Lebens. Anna fehlte ihm, er wäre gerne mit ihr ans Meer gefahren, um sie am Strand zu lieben. Um alles zwischen Erde, Meer und Himmel zu vergessen. Spielen, schnell zu leben, um in Schönheit zu sterben, wie Ferdinand in Godards Film.

«Malika, schweig. Manfred hatte damit nichts zu tun!»

Rémy war wie ein alter Mann auf einem Stuhl zusammengesunken. Alkoholgeschwängerte Worte quollen in einer dumpfen Litanei aus seinem Mund, die er wohl schon Tausende und Abertausende Male heruntergebetet hatte:

«Ihre ganze Familie ist in einem kleinen algerischen Dorf vor sieben Jahren niedergemetzelt worden. Sie wurde durch ihren Vater gerettet, der tot auf ihr lag und sie mit seinem Blut befleckt hatte. Sie haben sie für tot gehalten. Sie hat einen der Kerle unmaskiert gesehen, sie ist sicher, daß es Manfred war. Aber der war zu jener Zeit in den USA, dafür habe ich Beweise. Ich habe nächtelang versucht, ihr zu erklären, daß es nicht möglich war, daß Manfred mit Algerien nichts zu tun hat, sie hat mir nicht geglaubt! Als das Baby starb, hat sie mir nichts gesagt, doch sie hat gedacht, wenn sie nicht den Mann tötet, der für das Massaker an ihrem Vater und ihrer Familie verantwortlich ist, wird sie ihr Leben lang dafür bezahlen! Sie hat ihre Tat in aller Heimlichkeit vorbereitet… Es ist schrecklich, Maurice, was hätte ich danach, nachdem ich es wußte, tun sollen?»

«Die kleine Näherin wollte ich nicht töten, doch sie hat mich gesehen, sie hätte mein Gesicht mit sich genommen, so wie ich damals das des Ungeheuers.»

Momo hatte einen fauligen Geschmack im Mund. Er sah, wie Malika ins *Moulin Rouge* ging, um der Regisseurin vor ihrer Abreise nach Australien die bestellten Bücher zu bringen. Jeder kannte sie, niemand achtete auf sie. Sie begegnete Manfred, folgte ihm in seine Garderobe.

«Gestern habe ich ihr erzählt, was du mir über Pasquier gesagt hast, aber ich hätte nie gedacht, Maurice, daß sie zu ihm geht, daß sie …! Sie wollte Areski retten, den Laden … Ich wußte das nicht.»

Maurice hätte es wissen können, er war Malika in der Nähe von Pasquiers Wohnung begegnet. Ja, das war es. Sie hatte frühmorgens bei ihm geklingelt. Mit ihm gesprochen, das Federmesser in der Hand, und ihn wegen des Unheils beschimpft, das er über Areski und Rémy brachte, ihren Neffen, weil er ihn mit Drogen versorgte, und ihren Ehemann, weil dieser seinetwegen den Laden zumachen mußte. Dann hatte sie ihn getötet wie Manfred in der Garderobe, damit wieder Gerechtigkeit herrschte.

Momo erhob sich, er bekam keine Luft. Er hatte gute Lust, diese ganzen alten Scheißbücher abzufackeln, die ihm den Atem nahmen. Was er sich an jenem Tag, als er Elsas Leiche betrachtete, vorgestellt hatte zu empfinden, wenn er ihren Mörder gefunden haben würde, stürmte auf ihn ein: endlose Traurigkeit und Hoffnungslosigkeit!

«Sie ist für das Geschehene nicht verantwortlich, Maurice, weißt du, was es heißt, Stunden über Stunden den Leichnam deines Vaters auf dir zu spüren?»

Maurice wußte es nicht wirklich, doch er wachte nicht

aus seinem Alptraum auf. Die Toten in inniger Umarmung. Woher hatte diese Frau, der man alles genommen hatte, in ihrem verzweifelten Wahnsinn die Kraft und die Kaltblütigkeit genommen, die Leichen zu bewegen, um sie zu einer obszönen Vereinigung anzuordnen? Es war der reine Wahnsinn. Sie hatte die Leichen vereint, um die Szene nachzustellen, die sie unter dem noch warmen und blutbefleckten Leichnam ihres Vaters sieben Jahre zuvor erlebt hatte. Sie hatte diese entsetzliche Erinnerung noch einmal inszeniert, um sie auszuradieren, das Schicksal versöhnlich zu stimmen, damit das Unheil ein Ende nahm, das zuerst ihre Familie und dann ihr Baby getötet hatte... Manfred, der schöne und geheimnisvolle Manfred, ähnelte einem ihrer Folterknechte. In ihrem Wahnsinn hatte sie es geglaubt...

«Sie ist dafür nicht verantwortlich, Maurice!»

Momo betrachtete die beiden Gespenster, die sich vor ihm aufrichteten. Er war noch nie in seinem Leben so alt, so machtlos gewesen. Seine Augen brannten, gleich würden ihm die Tränen kommen, er mußte unbedingt sofort Anna sehen.

Die Polizei würde morgen früh kommen, er konnte Rémy und Malika ruhig eine letzte Alptraum-Nacht gewähren. Durch das große Leid, das sie begleitete, hatten sie sicher gelernt, sich hin und wieder ein paar Lichtblicke zu schenken. Er umarmte Rémy. Zärtlich. Mit Liebe. Eine winzige Liebe, die zum ersten Mal in seinem Leben in ihm aufkeimte. Eine noch nie erblühte Knospe.

«Ich werde morgen früh dabei sein, wenn die Polizei kommt. Du kannst auf mich zählen, ich lasse dich nicht fallen!»

Es war 8 Uhr abends. Draußen, während er die Straßen in Richtung Rue des Abbesses hinaufging, rief Momo Anna in Beauvais an. Er könnte in einer Stunde dort sein. Sie wartete auf ihn.

Im *L'Oracle* herrschte Hochbetrieb. Mit aufgelöstem Gesicht sah Boualem ihn hereinkommen. Momo hörte sich fragen:

«Wußtest du das mit Malika?»

Boualem sah ihn voller Furcht schweigend an, dann begann er, stockend zu sprechen:

«Schlußfolgerungen ... Übereinstimmungen ... du weißt doch ganz genau, wie schwer es ist, aufzuhören, ein Polizist zu sein! Ich habe Malika an dem Tag des Mordes im *Moulin Rouge* gesehen. Sie war außer sich, sagte, sie hätte nicht anders gekonnt. Ich wußte, daß sie überall nach diesem Kerl suchte, den sie während des Massakers in ihrem Dorf gesehen hatte. Als ich in *Le Monde* die Kurzmeldung über den Mord las, gebe ich zu, daß ich daran gedacht habe, aber ich wollte nicht, verstehst du, es war verrückt, absurd ... dieser Tänzer, der nichts mit uns zu tun hatte ... Ich habe mir verboten, daran zu denken. Ich will kein Polizist mehr sein, nie wieder!»

Statt dessen zog er es vor, bei seinen Küchenrezepten und seinen guten Weinen zu bleiben, sich auf das orale Stadium zu beschränken, sich der Vorstellung hinzugeben, daß das Leben nur ein Babyfläschchen sei.

«Warum hast du mir nichts davon gesagt?»

«Vorhin habe ich es versucht, du hast mir nicht zugehört!»

Momo schwieg. Der alte Bock war tatsächlich taub, deshalb sang er auch falsch.

«Gestern, bei der Geschichte mit Pasquier, hatte ich eine schreckliche Vorahnung ... ich war Malika begegnet, ich hab es dir erzählt.»

«Ich weiß ... Ich habe sie auch gesehen. Doch da war

es auf jeden Fall schon zu spät! Ich brauche dein Auto, Boualem. Jetzt, sofort, ich bringe es dir morgen zurück.»

Momo fuhr wie ein Irrer, während er seinen Rotz hochzog. Er versuchte, sich Annas Augen vorzustellen, doch sie waren verschwunden. Sie allein konnten ihm den Mut zurückgeben, in diesem Dreck weiterzuleben, der ihn permanent umgab. Lefèvre hatte recht. Tragödien erzeugten Tragödien, Opfer andere Opfer. Der Irrsinn der Menschen benötigte ständig einen Sündenbock. Momo wollte sich dieses Spektakel nicht länger ansehen. Seine einzige Hoffnung war, daß Carla damit fertig wurde und mit ihrer madonnenhaften Stimme Unmengen von Platten aufnahm. Und daß Anna ihm noch einmal ihre Augen schenkte.

Er verfuhr sich in der Peripherie von Beauvais und rief Anna zweimal vom Handy aus an, damit sie ihm weiterhalf. Nachdem er den Hof erreicht hatte, lief er auf ein erleuchtetes Gebäude zu. Es war ihre Werkstatt. Sowie er die Tür öffnete, wurde er von einem gleißenden Licht überflutet, das eine höllische Hitze verbreitete. Anna stand mit nackten Armen und in einer alten, an den Knien abgeschnittenen Hose da und blies in ein Rohr, ließ mit ihrem Atem einen Klumpen aus Feuer allmählich zu einer durchsichtigen Kugel aus Licht werden. Momo dachte, daß sie ihn so aus der Hölle geholt hatte, um ihn zu erleuchten, ihm Leben einzuhauchen. Ihr Haar funkelte in der Glut, die im Ofen loderte. Sie sah nicht aus wie eine Frau, es verband sie so gar nichts mit den glatten Brünetten seiner Träume, und genau aus diesem Grund liebte er sie. Sie war viel mehr als nur eine Frau, sie war die ganze Welt, herrschte über Erde, Luft, Wasser und Feuer. Sie tauchte das weiche Glas in ein Becken, aus dem leichter Dampf aufstieg, dann kam sie auf Momo zu und zog ihn an sich. Ihre Zungen suchten sich, fanden sich, Hände, die streichelten, den anderen auszogen. Als sie auf dem Boden lagen, ließ der Schweiß sie aufeinander gleiten, Momo fragte sich nicht, ob er einen Steifen bekam, einen Schwanz hatte, was er tun sollte, er wußte, was sie wollte, ihr ganzer Körper sagte es ihm, Wort für Wort, es genügte ganz einfach, jeder Äußerung ihres Körpers, ihrer Hände, ihres Mundes Beachtung zu schenken. Als er hörte, wie sie vor Wollust stöhnte, schmolz er in ihr. Lange blieben sie so, erschöpft und schweißgebadet, liegen. Endlich war Momo warm.

Anna breitete eine Decke auf dem Boden aus, auf der sie sich zusammenrollten, sein Mund suchte ihr Geschlecht und verweilte dort lange, das Prasseln des Feuers vermischte sich mit dem Stöhnen und den Seufzern, und es schien Momo, als würde er endlich die eng umschlungenen Leichen, den Tod und das Blut vergessen. Er hörte nur noch Annas Stimme:

«Es ist wunderbar, was Sie mit Ihrer Zunge anstellen, Liebster, das ist das Schönste, was es gibt auf der Welt.»

Als er gegen 7 Uhr morgens aufbrach, protestierte sie nicht:

«Wenn Sie einmal ganz stark den Wunsch haben, daß ich bei Ihnen bin, werde ich es sein!»

Auf der Autobahn im klaren Morgenlicht wurde Momo bewußt, daß er in die Nacht zurückkehrte, nachdem er zum ersten Mal den Tag hatte dämmern sehen. Woher hatte er nur die Kraft genommen, Anna zu verlassen? Er raste auf Rémys Unglück zu, das auch sein eigenes war. Eine gemeinsame Katastrophe. Das Glück mit Anna war aus einer anderen Welt. Er würde niemals die Kraft haben, so lebendig zu sein wie sie. Auch wenn Annas Augen immer noch wie weit geöffnete Fenster das warme Sonnenlicht hereinströmen ließen, das seine Haut streichelte.

Als er in Senlis anhielt, um zu tanken, dachte er, daß sie jenes Haiku auf die schmutzigen Toilettenwände gekritzelt hatte, damit er die Botschaft las:

Ihr Geschlecht
spricht
meine Sprache
graben Sie sich in mich hinein
machen Sie
mich zu Ihrem Garten
trösten Sie mich
daß ich nicht mehr bin
als die Hälfte von Ihnen

Scheißhausgraffitis als Zeichen der Hoffnung! Momo dachte, daß er auch nicht mehr verdient hatte. Er war nicht einmal in der Lage gewesen, Anna zu sagen, wer ihren Sohn getötet hatte. Wie sollte man einem solchen Feigling vertrauen?

Als er Montmartre erreichte, ergriff ihn Panik. Ein Krankenwagen und zwei Polizeiautos standen vor dem Antiquariat in der Rue Véron. Polizisten in Uniform vertrieben die Schaulustigen. Er bahnte sich einen Weg und stürmte die Wendeltreppe hinauf. Schemenhaft nahm er Leute wahr, die sich um eine am Boden liegende Matratze zu schaffen machten. Da lagen Rémy und Malika, unbeweglich, ein engelhaftes Lächeln im Gesicht, eng umschlungen im Tod. Selbstmord als Folge eines letzten nächtlichen Alptraums. Spiegelbild des Doppelmordes im *Moulin Rouge*, der selbst wiederum das Spiegelbild eines Massakers in einem Dorf in Algerien war. Momo begann wie ein Mädchen zu weinen, lautlos, die Arme vor dem Bauch verschränkt. «Unser Bedürfnis nach Trost ist unstillbar.» Anna war nicht stark genug, ihm zu helfen, in diesem Massengrab zu leben. Liebe und Tod endeten immer in der Vereinigung und zeugten den Bocksgesang. Das einzige Mädchen, das ihn vor Anna getröstet hatte, war in seinen Armen durch einen alten Gasboiler gestorben. Rotz und Tränen liefen ihm übers Gesicht, er rannte davon.

Auf der Straße taumelte er, zusammengekrümmt, die Arme vor dem Bauch verschränkt, und ein unheilbarer Schmerz überkam ihn. Er sollte wohl besser aufhören, den Schein zu wahren, und einfach akzeptieren, daß er nur ein Häufchen Abfall war. Er dachte an Annas Versprechen: «Wenn Sie einmal ganz stark den Wunsch haben, daß ich bei Ihnen bin, werde ich da sein». Er wollte sie noch lieben, wollte nicht auf das Sterben warten, um sie an sich zu drücken. Er wollte ihr von dem tödlichen Irrtum erzählen, der ein armes Opfer dazu gebracht hatte, ihren Sohn zu töten. Und dann mit ihr vergessen. Doch er würde es nicht wagen, den Traum zu zerstören. Die Angst würde ihn immer lähmen. Anna war einfach zu lebendig für ihn. Er verdiente sie nicht. Sie hatte ihn glauben lassen, daß er nicht vollkommen verloren war, daß er lieben und geliebt werden konnte. Doch das alles hatte keinen Sinn. Ein Blick brannte ihm im Nacken. War sie es? Nein. Sie konnte es nicht sein. Er verbot sich diese Hoffnung. Und er zwang sich, sich nicht umzudrehen.

In der Reihe «auf abwegen» sind bisher u. a. erschienen:

Jean-Patrick Manchette
Volles Leichenhaus
ISBN 3-923208-43-X

Jean-Patrick Manchette
Knüppeldick
ISBN 3-923208-44-8

Jean-Patrick Manchette
Fatal
ISBN 3-923208-47-2

Jean-Patrick Manchette
Blutprinzessin
ISBN 3-923208-49-9

Jean-Bernard Pouy
Die Schöne von Fontenay
ISBN 3-923208-48-0

Jean-Bernard Pouy
Larchmütz 5632
ISBN 3-923208-45-6

Chantal Pelletier
Eros und Thalasso
ISBN 3-923208-46-4

Serge Preuss
Einverständnis vorausgesetzt
ISBN 3-923208-50-2

Laurence Démonio
Eine Art Engel
ISBN 3-923208-40-5

Jordi Sierra i Fabra
Tod in Havanna
ISBN 3-923208-42-1